寝るまえ5分のモンテーニュ

Un été avec Montaigne

「エセー」入門

アントワーヌ・コンパニョン 著
山上浩嗣・宮下志朗 訳

白水社

寝るまえ5分のモンテーニュ　「エセー」入門

著者まえがき

「人々が海岸に横たわっている。あるいは、アペリティフをちびちびやりながら夕食の準備をしている。するとラジオから、モンテーニュについて語る声が流れてくるんだ。」

こう言って、フィリップ・ヴァル*がわたしに、フランス・アンテル局でひと夏の間、平日の毎日数分間、『エセー』について話してくれないかと依頼してきたとき、それがあまりにも突飛な思いつきで、あまりにも危険な賭けだと思ったために、乗らずにはいられなかった。

まず、モンテーニュのいくつかの断章だけを紹介するというのは、わたしが学んできたすべてに、わたしが学生だったころにあたりまえだった考え方に、まっこうから反する行いだ。当時、『エセー』から短文の形で伝統的な教訓を抜き出してくるのはご法度《はっと》であって、複雑で矛盾に満ちた長文のテクストそのものにしっかりと向き合うことが推奨されていた。モンテーニュの文章をぶつ切りにして、その断片を利用しようとする者は、即座に嘲笑の的となり、

「能なし《ミヌス・ハベンス》」扱いされた。『エセー』から集めてきた格言からなる書『知恵について』の著者ピエール・シャロン〔一五四一―一六〇三。フランスの神学者、哲学者、モラリスト〕の再来として、歴史のゴミ箱行きに処せられたものだった。このタブーを再び犯すにせよ、回避する方法を見つけるにせよ、どちらにしても挑発的な試みとなると思い、魅力を感じたのだ。

次に、数行からなる文章を四〇ほど選び出し、それぞれを短く解説し、その一節の歴史的重みとともに現代的意義をも示すなどという試みは、とてつもない暴挙と思えた。聖アウグスティヌスが聖書を開いたときのように、偶然にまかせてページを選ぶべきだろうか**。無垢な手に、ページを指さすのを委ねるべきだろうか。それとも、『エセー』の重要テーマを大急ぎで通覧すべきだろうか。作品の豊かさと多様性の概観を示すべきだろうか。はたまた、統一性や包括性は最初からあきらめて、わたしが好きな断章のいくつかを紹介するにとどめるべきだろうか。迷ったあげく、順不同で、あらかじめ計画を立てることもなしに、そのすべての方針を同時に取り入れることにした。

最後に、かつてわたしの少年時代の教養の大部分を与えてくれたリュシアン・ジュネス***と同じ時間帯に、ラジオの放送を担当できるなどという名誉を、拒むことなどとてもできなかったのである。

＊ フィリップ・ヴァル（一九五二―）ジャーナリスト、ラジオ番組司会者、作家。ラジオ局フランス・アンテル社長を務める（二〇〇九〜二〇一四）。その後、その親会社であるラジオ・フランスの社長に就任。

＊＊ この逸話について、次を参照。聖アウグスティヌス『告白』服部英次郎訳、岩波文庫、上巻、八巻一二章、二七九―二八三頁。

＊＊＊ リュシアン・ジュネス（一九一八―二〇〇八）ラジオ番組司会者、俳優、歌手。フランス・アンテル局で一九六五年から三十年にわたって、ラジオ番組「千フラン・ゲーム」（*Le Jeu des Mille Francs*）の司会を務めた。放送日時は月曜から金曜日の一二時四五分―一三時であった。一方、本書のもとになったアントワーヌ・コンパニョンの番組「モンテーニュと過ごす夏」（*Un été avec Montaigne*）は、二〇一二年七月二日から八月二四日まで、月曜から金曜日の一二時五五分―一三時に放送された。

目次

1. 本書の原著において、『エセー』（全三巻）からの引用は、一五九五年版のテクストに基づいた次の版に従っている。

Montaigne, *Les Essais*, édition réalisée par Denis Bjaï, Bénédicte Boudou, Jean Céard et Isabelle Pantin, sous la direction de Jean Céard, Paris, Le Livre de Poche, « La Pochothèque », 2001.

2. 本書において、『エセー』からの引用は、一五九五年版を底本とする次の邦訳書に従う（ただし、前後の文脈との整合性への配慮から、若干表現を変更する場合もある）。

・モンテーニュ『エセー』宮下志朗訳、白水社、全7冊、二〇〇五―二〇一六年（以下では『エセー1』『エセー2』などと略記する）

3. 本文または引用文中の〔　〕内は、訳者による補足である（[…] は中略を意味する）。また訳者による注は、本文中〔　〕内に二段で挿入し、解説的な長めのものは本文中に(1)(2)(3)…と番号を振って巻末にまとめて記した。

1　社会参加

モンテーニュは、自分を好んで教養人士《オネットム》として、故郷で隠居生活を送る有閑の人として、はては書斎への引きこもりとして描いているが、そのためつい忘れてしまうのは、彼が同時に、ときの社会に積極的に関わる公人であったということだ。モンテーニュは、フランス史上屈指の乱世にあって、大きな政治的責任を果たした。カトリック陣営とプロテスタント陣営との、すなわちアンリ三世とアンリ・ド・ナヴァール（のちのアンリ四世）との仲介役をつとめ、次の教訓を得た。

今日、わが国を引き裂いているところの分裂抗争にあって、わたしは王公たちのあいだに立って、いささかの調停を行わなければいけなかったわけだが、その際にも、わたしは、みんながわたしのことを誤解しないように、うわべだけを見て勝手に思いこまないようにと、細心の注意を払った。その道のプロならば、なるべく本心は隠して、できるだけ中立的で、歩み寄りができそうな印象を与えようとするし、そのようなふりをしてみせる。ところがわたしの場合は、まったく生身の考え方と、まったく個人的な態度でもって、自分を提示した。自分に背くぐらいならば、その仕事に背く方がましだと考える、このわたしは、駆け出しの軟弱な調停人にすぎない。でも、これまでのところは、これがとても運よくいって、――実際、こうした事柄では、運の善し悪しが主たる役割を演じるのだ――、双方の側と交渉をしながら、これほど疑いをかけられず、これほどの好意や親密さを示された人間も少ないはずだ。わたしはオープンなやり方をするから、初めて付き合う人々の心にも、簡単に入っていけるし、信用してもらえる。いつの時代にあっても、誠実さと純真さは、その機会を見出し、りっぱに通用するものなのである。

（第三巻第一章「役立つことと正しいことについて」『エセー6』一二一―一二三頁）

モンテーニュの半生は、宗教戦争という内乱にかきまわされた。内乱とは、戦争のうちでも最悪のものである。彼自身がしばしば語るように、それは友人や兄弟同士の争いだからだ。モンテーニュがまだ三〇歳にもならない一五六二年から、死を迎える一五九二年までの間、ほんのわずかな休戦期間を例外として、ひっきりなしに大小の戦闘、攻囲、虐殺が行われた。

この時代を、なぜ自分は生きのびることができたのだろうか。——『エセー』のなかで、モンテーニュはいく度もこう自問する。右は、一五八八年刊行の『エセー』第三巻冒頭の章「役立つことと正しいことについて」の一節である。書かれたのは、内乱とペストにさいなまれた、ボルドー市長としての苛烈な経験のあとのことだ。

「役立つことと正しいこと」。ここでモンテーニュは、公共の道徳という問題、言いかえれば、国家理性《レゾン・デタ》〔他の諸権利を犠牲にしても国益を重視する考え〕の目的と手段という問題を扱っている。時の趨勢《すうせい》はマキャヴェッリおよび現実主義的政治を求めていた。それを体現していたのが、フィレンツェ僭主、ウルビーノ公ロレンツォ二世の娘であるカトリーヌ・ド・メディシスだ（マキャヴェッリは『君主論』をこのロレンツォ二世のために書いた）。王母にして故アンリ二世の妻であり、ヴァロワ朝最後の三王（フランソワ二世、シャルル九世、アンリ三世）の母でもあったカトリーヌは、当時において考えうるかぎりもっともおぞましい選択を行ったとされる。サン＝バルテルミの虐殺[1]である。

マキャヴェリズムは、国益のためならば、嘘も約束違反も、殺人さえも許されると説く。国家の安定こそが最高善とみなされていたからである。だが、モンテーニュはその考えに決して与《くみ》さなかった。裏切りと偽善は断固として拒むのだ。慣習などものともせず、いつでもありのままの姿を見せ、思うとおりのことを語る。彼は、本人の言葉を借りれば、「裏取引」よりも、「正々堂々の手段」、「率直さ」、「誠実さ」を好む。彼にとっては、目的は決して手段を正当化しない。国家理性のために自己の道徳的信念を犠牲にすることなど、思いもよらないのである。

だがモンテーニュは、そんな常軌を逸した姿勢でも、自分が損をしたことなどなく、むしろ得することが多かったと考えている。彼の姿勢はより「正しい」ばかりか、より「役立つ」ものでもあるのだ。公人は一度でも嘘をつくと、二度と信頼されない。その場はうまく取り繕ったつもりでも、長い目で見ると損をするのであり、合理的なふるまいとは言えない。

モンテーニュによれば、正直であること、約束を守ることのほうが、結局のところずっと得なのだ。つまり人は、たとえ道義心の欠如によって正直でいられないとしても、損得勘定によって正直になれるはずなのである。

2　会話

モンテーニュは会話においてどうふるまうか。会話には、親しい者同士の対話も、かしこまった席での議論も含まれる。彼はこれについて、『エセー』第三巻の「話し合いの方法について」のなかで説明している。話し合うこととは、対話であり、討議であると。彼は、他人の考えに耳を傾ける、開放的で鷹揚な人として、決して頑固で、偏狭で、自分の意見に固執したりしない人として、自分を描いている。

わたしはそれがだれの手の中にあっても、真理だとわかれば、喜んで歓迎する。また、真理が遠くから近づいてくるのが見えたならば、快く降参して、敗北を認め、自分の武器を差し出す。また、相手があまりにもいばりくさって、教師づらをするのでないかぎり、喜んで叱られもする。人々の非難を、そのまま受け入れることも多いけれど、それは欠点を直したいからというよりも、むしろ礼儀からなのだ。相手の顔を立てることで、わたしに気兼ねなく注意する気持ちを授けたいし、そうした自由を育みたいと思っているのだ。

（第三巻第八章「話し合いの方法について」『エセー6』二八二―二八三頁）

モンテーニュは、たとえ自分に敵対的な人が語ったとしても、それが真理であれば尊重するという。傲慢にならぬように努め、自分への批判を侮辱とみなすのではなく、自分の誤りを正してもらうことを喜びとしている。しかし反対に、横柄で、自分の言動に自信たっぷりで、不寛容な対話者は評価しない。

つまり彼は、完全なる社交人士《オネットム》であり、ものわかりがよく、いかなる利己心をも排してさまざまな考えを受けとめる人、相手を言い負かそうなどとはしない人のように見える。ひと言でいえば、会話を勝負ごととは捉えていないのだ。

しかし彼は、直後に留保を行う。自分を叱る相手を立てるのは、自己を改善するためではなく、礼儀からである、とりわけ相手がうぬぼれきった人物の場合には、と。よって、彼は服従はするが、内面の信念まで屈するわけではない。これはごまかしではないのか。いつもは誠実さが大事だと語っているのに。――そうではない。相手がずうずうしい場合でも、そうでない場合でも、彼は抵抗せずに、礼儀から、相手が正しいともちあげる。それは彼によれば、今後も相手が自分の誤りを正し、教えを与えつづけてくれるようにするためである。相手に武器を渡さねばならない。少なくともそう見せかけなければならない。そうすれば相手は、将来にわたって忠言を惜しまないだろう。

とはいっても、と彼は続ける。

とはいっても、今の時代の人々を、そうする気持ちにさせるのはむずかしい。彼らにはまちがいを直す勇気がないのだ。なぜならば、自分がまちがいを直されることに耐える勇気がないのだから。こうして彼らは、おたがいに人前では自分をいつわって話している。わたしの場合は、自分が批評されることも、自分が知られることも、とてもうれしいことだから、どちらであってもかまわない。わたしの考えそのものが、しばしば矛盾をきたしては、自分を非難するのであるから、他人にそうされても、こっちからすると同じことなのだ。それになによりも、他人の非難に対しては、わたしが望むだけの重みしか与えないから、平気なのだ。けれど、あまりに高飛車な人はごめんだ。たとえば、忠告が聞き入れられないと、忠告したことを悔やんだり、それに従うのをいやがると、自分が侮辱されたと思ってしまう知人がいたけれど、そういう人とは付き合いたくない。

（第三巻第八章「話し合いの方法について」『エセー6』一八三頁）

モンテーニュは、同時代の人々が、自身が批判の的になるのを嫌がるあまり、彼をさほど批判しないのを残念がっている。彼らは、反論されること、またそれによって誇りが傷つけられることを嫌うばかりに、自分も反論を控え、誰もが自分の思いこみのなかに閉じこもってしまうのだ。

ここでまた新たな、最後のどんでん返しが生じる。モンテーニュが他者に容易に同意するのは、礼節のため、相手に反論しやすくしてやるためだけではない。自分に自信がないから、自分の意見がすぐに移ろうから、自分が自分の考えと矛盾するからだという。モンテーニュは矛盾を愛するが、自分のなかにいやというほどの矛盾が見つかるのだ。彼が何よりも嫌うのは、自尊心が強すぎて、人が自分の考えに同意しないと気分を害する連中である。モンテーニュがきっぱりと断罪しているのは、思い上がり、うぬぼれである。

3　すべては移ろう

『エセー』のあちこちに、この世の事物のはかなさ、移ろいやすさについての文章、人間の認識能力の弱さについての文章が見いだされる。なかでも、第三巻の「後悔について」の章の冒頭部にある次の一節ほど断固たる文章はない。モンテーニュはここで、自著を書きつづけてきたことによって達しえた知恵の境地を短く表現している。ここにまたひとつの逆説がある。断固として移ろいやすさのなかにとどまるという逆説である。

ほかの人々は人間をかたちづくるけれど、わたしは人間について語り、いかにも不細工なひとりの個人〔モンテーニュ自身のこと〕を描き出す。もしも、この男を新しくつくり直せというのならば、きっと今のとはずいぶんちがったものにするはずだ。でも、もうできあがってしまったのだから仕方ないのだ。さて、わたしの絵の筆づかいなのだが、なるほど、さまざまに変化したり、何本にも分かれたりするものの、本道を外れることはない。世界は、永遠のブランコにほかならない。そこでは、すべてのものが絶えず揺れ動いている。大地も、コーカサスの岩山も、エジプトのピラミッドも、世界全体の運動と自分自身の運動によって、揺れ動いているのだ。恒常性とかいったところで、実際は、だらだらした動きにほかならないのだ。だから、わたしにはどうしても、対象をしっかり固定できない。なにしろ相手ときたら、生まれながらの酔っぱらいであって、もうろうとして、ふらついた足取りで進んでいくではないか。そこでわたしとしては、自分が対象とかかわる瞬間に、ありのままの姿をとらえるしかない。

（第三巻第二章「後悔について」『エセー6』四一頁）

モンテーニュは、たいていそうなのだが、はじめに謙虚さを表明する。自分の目的などつまらないもの、慎ましいものだ、と。人に教訓をたれたり、人をつくり上げたりすることを目指すほとんどすべての物書きとは異なり、彼はひとつの体系的な教えを伝授するとは言わない。ただ自分を語り、人間を語るのだ。また、自分を模範とは対極にある存在として描き出す。自分は「いかにも不細工」で、いまさらつくり直すこともできない、と。よって、自分を人さまの手本とみなすわけにはいかないのだ。

それでも、彼は真理を探究する。とはいえ、このかくも不安定で動揺激しい世界のなかで、真理を見つけるのは不可能である。ヘラクレイトス〔前五四〇頃—前四八〇頃。古代ギリシアの哲学者〕が語ったごとく、万物は流転するのだ。天のもと、確固たるものなどなにもない——山も、ピラミッドも、自然の驚異も、人間がつくった建造物も。対象も移ろえば、それを見る主体も移ろう。堅固で確実な認識など、いかにしてありえようか。

モンテーニュは、真理の存在を否定しないが、人間だけの力で真理に到達できるとは考えない。彼は、「わたしはなにを知っているのか《ク・セ・ジュ》？」[1]（Que sais-je?）をみずからの信条と定め、天秤を紋章とした懐疑主義者なのである。もっとも、絶望するには及ばない。彼はこう続ける。

> つまり存在を描くのではなくて、推移を描くのだ——それも時代ごとの推移でも、民衆がよくいう七年ごとの推移でもなくて、日々の、時々刻々の推移を描くしかない。わたしの話すこともまた、過ぎていく時間に合わせる必要がある。このわたしだっていずれは、ただ偶然によってだけではなく、自分の意志で変わるかもしれないのだ。ここにあるのは、さまざまに変転するできごとと、ときとして矛盾した不安定な思考の記録である。そこでは、ひょっとすると、わたしが別のわたしになる場合もあるし、多くの主題を、別の状況や観点からとらえることもあるはずだ。
>
> （第三巻第二章「後悔について」『エセー6』四一—四二頁）

人間というものの定められた運命に身をゆだね、その不幸を受け入れなければならない。人間の領分は、生成であって存在ではないのだ。一瞬ののちには、世界は変わっているかもしれず、私も同様だ。『エセー』という、自分に到来したできごとや自分の考えの記録簿において、モンテーニュは、すべてがつねに移ろいゆくさまを記すことだけに努める。彼の立場は、相対主義、あるいは視点主義《ペルスペクティヴィスム》と言ってもよいかもしれない。視点主義者の言い分はこうである。「すべての瞬間瞬間において、わたしは世界に対して異なった視点を投げかける。わたしの同一性は不定である。」モンテーニュは、「定点」を見つけなかったが、決してその探求をやめることはなかった。

ひとつのイメージが、彼と世界との関係をうまく表現している。乗馬のイメージである。(2)馬上で騎士がみずからの均衡、みずからの不安定な「姿勢《アシエット》」を保っている。「姿勢」とはよく言ったものである。(3)世界は動き、自分も動く。世界でみずからの姿勢を見つけるのは、自分にほかならない。

4　ルーアンのインディオたち

一五六二年、ルーアンにてモンテーニュは、リオ・デ・ジャネイロ湾におけるフランスの植民地「南極フランス」[1]の三人のインディオと出会う。彼らは、当時一二歳であった王シャルル九世に面会した。王は新世界の土着民にとても興味をもっていた。ついでモンテーニュは、彼らと会話を交わした。

こちらの世界の頽廃を知ることで、いずれ、自分たちの安息と幸福とが、どれほどの代償を支払うことになるのかも知らず、また、われわれとの関係から、自分たちの破滅が生じることも知らずに——いや、これはもうすでにずいぶん進行しているものと、わたしは推測しているのだけれど——、彼らのうちの三人は、あわれにも、珍奇なるものへの欲望にだまされて、われわれの土地を一目見んものと、穏和なる彼らの空のもとを離れて、ルーアンにやってきてしまった。今は亡き国王シャルル九世が、その地におられたときの話である。王は、ながいあいだ、彼らと話をなさった。彼らに、われわれの生活様式や、豪勢な儀式や、美しい町のすがたを見せた。

（第一巻第三〇章「人食い人種について」『エセー2』七八頁）

モンテーニュは悲観的である。新世界は、ほんの幼い、無垢な世界だったのに、旧世界と接触することで、頽廃の憂き目に遭うだろう。いや、もうそれは始まっている、と。これは「人食い人種について」という章の末尾である。その前にモンテーニュは、ブラジルを、神話におけるアトランティスのように、人類の黄金時代にある地として描いた。インディオたちは、残虐という意味ではなく自然という意味で sauvages（ソヴァージュ）なのであり、野蛮はわれわれのほうなのだ、と。(2) 彼らが敵を食うのは、みずからの腹をふくらませるためではなく、名誉の規範に従うためなのだ。要するに、モンテーニュは彼らのすべてを許し、われわれのいかなるものも容赦しないのである。

その後、なにに彼らがもっとも感銘を覚えたのかを知りたく思って、ある人が感想をたずねてみた。すると彼らは、三つのことを答えた。三つ目は、残念ながらわたしは忘れてしまったのだが、残りの二つはまだ覚えている。彼らは次のように語った。「まず第一に、王様のまわりには、武装して、ヒゲを生やした、ずいぶん体格のいい男たちがたくさんいて（どうやら、国王の警護にあたるスイス兵たちのことをいっているらしい）、そんな子供にひれ伏しているけれど、なぜ自分たちのなかからだれか選んで支配者にしないのか、不思議でならない。」

（第一巻第三〇章「人食い人種について」『エセー2』七八―七九頁）

いまや、インディオのほうがわれわれを観察し、われわれの慣習にびっくりし、その愚かさに気づいているというわけだが、こうした反転の構図は、のちにモンテスキューの『ペルシア人の手紙』によって一般的になるものだ。

われわれの愚かさの第一は、モンテーニュの友人エティエンヌ・ド・ラ・ボエシの用語によれば、「自発的隷従」である。(3) あれほど多くの屈強な男たちが、子どもひとりに傅《かしず》くなどということが、どうしてありうるのか。いかなる神秘によって彼らは服従しているのか。ラ・ボエシに言わせれば、君主を滅ぼすには、民衆が服従をやめればすむことだ。のち、同様にガンジーは、消極的抵抗と非暴力的不服従を説くことになる。インディオはそこまではいかないが、旧世界の「神に由来する権力」という考え方は、彼らには荒唐無稽に映る。

「第二に、あなたがたのなかには、あらゆる種類の豊かさを、あふれかえるほどに持ちあわせている連中がいる一方で、その〈半分《モワチエ》〉［…］が、門口で乞食をして、飢えと貧しさとで骨と皮だけになっている。それなのに、この貧困にあえぐ〈半分〉が、このような不公平を耐えしのんで、他の〈半分〉ののど元につかみかかっていったり、その家に火を放ったりしないのが、不思議でたまらない」というのであった。

（第一巻第三〇章「人食い人種について」『エセー2』七九頁）

インディオにとっての第二の衝撃は、貧富の差である。モンテーニュはインディオを、共産主義者（という語はまだないが）とまではいかずとも、正義と平等を信じる人々であるとみなしていた。

モンテーニュが、インディオたちの第三の憤慨の理由を忘れたとしているのは奇妙である。フランスの政治に関わる謎、経済に関わる謎のあとで、何が謎として挙げられたのだろうか。この点について確証をもって知ることはできないが、わたしには昔からひとつの考えがある。これについてはまた後日お伝えしよう(4)。

5　落馬

次は『エセー』のなかでもっとも印象的な文章のひとつである。モンテーニュがこれほど詳細に、生涯で遭遇した一事件、かくも私的なできごとについて語るのはめずらしい。落馬と、それに続く気絶の経験である。

わが国の第三度目の騒擾《トゥルブル》、いや二度目の騒擾のときであったか、よく覚えていないのだけれど、わたしは、このフランスの内乱という大混乱のただなかに置かれていたわが家から、一リュー〔約四キロ〕ばかり離れたところまで散歩に出てみた。こちらとしては、屋敷から近いのだし、まったく安全だろうから、本格的な支度などは不要だと考えて、力強くはないものの、扱いやすい馬を選んだ。ところが、帰り道に、思いがけないことが突発して、この馬を、まったく不慣れな仕事に駆り出す必要が生じてしまった。部下のひとりに、大きくてがっちりした男がいて、はみ受けも悪く、若くて癇性で、ばか力のある荷役用の馬に乗っていたのだけれど、この男が、仲間を追い越して勇敢なところを見せてやろうとして、全速力で馬を走らせて、わたしの前に突進してきた挙げ句に、この小男と小さな馬に、まるで巨像のようにのしかかってきたかと思うと、がしーんとぶちかまし、わたしを馬もろとも空中に放り出したのだ。おかげで馬は目をまわして、ばたんと倒れてしまい、わたしは、そこから一〇歩か一二歩先まで飛ばされて、あおむけにひっくり返ってしまった。顔の皮もむけ、傷だらけ、手にしていた剣は、そこからさらに一〇歩以上遠くに飛ばされ、ベルトもずたずたとなって、わたしは、まるで切り株みたいに、身動きもせず、感覚もなくなった。

（第二巻第六章「実地に学ぶことについて」『エセー3』九二—九三頁）

モンテーニュは、いつもは自分が読んだ本のことや、それで思いついた考えについて語るか、さもなければ、自分の心身のありようを語る、というよりは描写する。だがここで読者は、彼の個人的なできごとを目にしている。語りはまことに詳細であって、状況もはっきりと記されている。それは、第二次あるいは第三次宗教戦争、一五六七年から一五七〇年の間のことだ。戦乱が一時収まったのを見て、モンテーニュは、領地から遠ざかることもなく、大した護衛もつけず、手軽な馬に乗って、自宅からぶらりと散歩に出かける。

そこで、災難を語る長く美しい一節が現れる。生彩に富んだ描写でいっぱいだ。相手は部下のひとりが乗った丈夫な軍馬。こちらは「小男と小さな馬」。巨大な獣がぶち当たってきて吹っ飛ばされる。まるで一幅の絵を見ているようだ。われわれ読者は、太陽のもと、ぶどう畑がひろがるドルドーニュ川の風景のなかを、小さな部隊がはしゃぎまわっているさまを思い描く。そこに衝撃が走る。モンテーニュは地面に倒れている。ベルトも剣も遠くにある。傷だらけで、意識も失っている。

一幅の絵のようだというのは、ここにすべてが描かれているからだ。モンテーニュがかくも多くの細部を描いているのは、自分は何も覚えておらず、部下たちがのちに顛末《てんまつ》を告げたからである。その際、大きな馬と騎手が何をしたのかは明かされなかった。

モンテーニュが関心をもち、かつ不思議に思ったのは、自分が意識を失い、部下たちは彼が死んでしまったと思いこみ、自宅に運び込まれてから、ゆっくりと意識がもどったという点だ。つまり、この事故は、モンテーニュが死に最接近した瞬間であるが、その経験はおだやかで、苦痛のないものであった。要するに、死を過度に恐れてもしかたがないということだ。

そのような教訓とは別に、モンテーニュはこの経験から、さらに重要で近代的な教えを導いている。これをきっかけに、自分の同一性や、身体と精神の関係について考えた。彼は意識のないまま身体を動かし、語り、さらには、事故のことを知らされてやってきた妻を見て、部下たちに彼女の世話を頼むと命じたようだ。意志が介入しないのに、身体を動かし、語り、指示をするのだとしたら、いったいわれわれは何者なのか。われわれの自我はどこにあるのか。落馬のせいで、モンテーニュは、デカルトより前に、現象学より前に、フロイトより前に、主体性とは何か、意志とは何かという難問に関する、何世紀にもわたる格闘を予見したことになる。そして彼自身、同一性に関する理論を立派につくりだしている。自己同一性とは不安定で、不連続なものだという理論である。落馬したことのある人なら、きっと理解できるにちがいない。

6　天秤

モンテーニュは裁判官であった。法律家になるための修行を経たため、意味のあいまいな文章をひどく嫌った。法律のみならず、文学、哲学、神学を含む、あらゆる文章についてである。どんな文章も解釈と異議の対象となるが、そうすることでわれわれは本来の意味に近づくどころか、ますますそれを見失ってしまう。文章を前にして、われわれは注釈の山を築くが、それによってかえって、文章の原義からますます遠ざかってしまうのだ。モンテーニュは、「レーモン・スボンの弁護」の章で、このことを語っている。

われわれの言語もまた、それ以外のものと同じく、欠点や弱点をもっている。世の中の混乱の大部分の原因は、文法的なレベル《グラメリエンヌ》のことなのだ。われわれの訴訟は、もっぱら、法律の解釈をめぐる争いに起因するのだし、ほとんどの戦争は、君主間の協定や条約の内容を、明快に表現することができなかったことに発している。「これ《ホック》」という単語の意味をめぐる疑義から、どれほどの対立抗争が、それもゆゆしき対立抗争が生じたことだろう。

（第二巻第一二章「レーモン・スボンの弁護」『エセー4』一五九頁）

ルネサンス人の典型として、モンテーニュは、注釈を積み上げた中世の伝統を皮肉っている。この注釈の山を、ラブレーは大便になぞらえたものだ（世に言う「うんこのような文献《ファエケス・リテラルム》」である）(1)。モンテーニュは、原著者へと、プラトン、プルタルコス、セネカ自身が書いた文章へと立ちもどるべしと説く。

それだけではない。モンテーニュが見るところ、世界中の争い——訴訟、戦争、大小さまざまな紛争——はすべて、言葉の意味についての誤解に起因している。カトリックとプロテスタントの闘争も、まさにそうなのだ。モンテーニュは、この争いはつまるところ、聖体の秘跡において発せられる「これ《ホック》」という一音節語の意味をめぐる論争であると喝破している。キリストが語った次の言葉を、司祭がくり返すのだ。「これ《ホック》はわたしの体であり、これ《ホック》はわたしの血である」と。

実体変化、あるいは「現存」の教義によれば、パンとぶどう酒はキリストの体に実際に変化している。一方、カルヴァン派の人々は、キリストはパンとぶどう酒のなかに象徴的に存在するにすぎないと主張した。宗教改革は結局のところ語の解釈に関する争いにほかならないと見るモンテーニュは、どう考えていたのだろうか。これについては何の手がかりもない。彼は自己の信条を明かしていない[2]。

ここで、論理学自身が、もっとも明解だとして提示するであろう文章を例にとろう。もしもあなたが、「いい天気だ」といって、本心でそういっているならば、本当に天気がいいのである。これならば、なんとも確実な話し方ではないか。ところが、こうした表現にしても、われわれを欺くことになる。その証拠に、あなたが、「わたしは嘘つきだ」といったという例を考えてみよう。あなたが本心でそういっているとすれば、あなたは嘘をついたことになるではないか。命題のいい方、理由づけ、結論の力は、両方とも同じなのに、ごらんのとおり、われわれは泥沼にはまってしまったではないか。

（第二巻第一二章「レーモン・スボンの弁護」『エセー4』一五九頁）

聖体論争の例をきっかけにして、モンテーニュは、クレタ人のパラドクス（または嘘つきのパラドクス）を取り上げることで、自己の懐疑主義をますます確証するようになる。「ある人が〈わたしは嘘つきだ〉と言ったとする。それが本当なら、彼は嘘つきではなくなる。それが嘘なら、彼は嘘つきになる」というパラドクスだ。モンテーニュは、古代ギリシアの哲学者ピュロンの弟子である。「判断停止」を疑いの唯一の論理的帰結とみなす哲学者である。だが、モンテーニュはさらに根本的に、「わたしは疑う」という命題さえも疑う。なぜなら、「わたしは疑う」と言うとき、わたしは「わたしは疑う」ということを疑っていないことになるからだ。

ピュロン派の哲学者たちも、自分たちの一般概念を、どのようないい方をしても表現できずにいる。そもそも、彼らには新しい語法が必要なのではないだろうか。

（第二巻第一二章「レーモン・スボンの弁護」『エセー4』一五九頁）

モンテーニュはこの新しい語法を発見し、これを肯定文ではなく疑問文の形にして、みずからの格言とした。

このような懐疑主義という考え方は、わたしが天秤といっしょに銘とした「わたしはなにを知っているのか?《ク・セ・ジュ》」のように、疑問形で示せば、より確実にわかるのである。

（第二巻第一二章「レーモン・スボンの弁護」『エセー4』一六〇頁）

モンテーニュが銘とした均衡を保つ天秤は、決定を前にした彼の当惑や拒絶感、あるいは、そもそも決定が不可能であることを表している。

7　ヘルマプロディトス

一五八〇年のローマに至る旅の途中、ドイツに向かう道で、モンテーニュは、生まれてから二十年以上女であったが、その後男になったという人物と面会した。

そういえば、ヴィトリ＝ル＝フランソワの町を通ったときに、堅信礼の際にソワソンの司教からジェルマンなる名前をいただいたという男と会ったことがある。二二歳の年齢となるまでは、マリーという名前で、当地の住民はだれもが女として見てきたのだ。わたしが会ったときには、ひげもじゃで、年老いて、結婚もしていなかった。「ぽーんと飛び上がろうとして、ぐっとふんばったら、ちんぼこが出てきたんです」と彼はいった。こんなことがあったので、地元の娘たちのあいだでは、マリー・ジェルマンみたいに男になるといけないから、大股広げて飛んだり走ったりしないように気をつけなくちゃという俗謡が歌われている。こうしたできごとがたびたび起こるのは、不思議でもなんでもない。想像力というのは、この種のことには力を持っていて、執拗に、強力に結びついてくるものだから、しょっちゅう同じ考えや激しい欲望におちいらせないためには、この際、男性の部分を娘たちにもくっつけてやるぐらいのほうが、よほどすっきりするのである。(1)

（第一巻第二〇章「想像力について」『エセー1』一五四—一五五頁）

モンテーニュは、同時代の人々と同じように、「男になった女たちの忘れえぬ話」に興味津々であった。これは、医師アンブロワーズ・パレ〔一五一〇—一五九〇。フランスの王室公式外科医。近代外科の発展において重要な功績を残した〕の著『怪物と驚異』に収められたある章の題名である。ルネサンスはめずらしい自然現象をもてはやしたが、そのなかにヘルマプロディトス、つまり両性具有者があった。マリーはちょっとふんばったところ、男性器がぽろっと出てきて、ジェルマンになった。これまで内側に折れ曲がって隠れていたために、誰もが彼のことを女だと思っていたのだ。

だがモンテーニュは、この奇跡を大げさに扱ったりはしない。そんなことはしょっちゅう起こる。ゆえに娘たちは、男になるかもしれないので、大股歩きを避けたほうがよい、というのだ。彼によれば、その原因は「想像力」である（右の逸話が記された『エセー』の章題）。娘たちは、男根のことばかり考えているうちに、いつのまにかそれを自分の体に生み出してしまった。そのことを考えすぎると、しまいには体に生えてくるというわけだ。これは、フロイトが幼女の発達の一段階として理論化した「ペニス羨望」のことではなく、女性一般の欲望のことだ。これこそが、『第二の書』におけるラブレー[2]と同様、モンテーニュにとって不可解きわまるものであった。男を求めすぎると男になる。——こう語るモンテーニュは、いつものことだが、ふざけているのか本気なのかわからない。

しかも彼は、間髪を入れず、想像力の効果を説明するずっとありふれた状況の例を存分にもちだしてくる。その状況とは、男性の不能、いわゆる「紐むすび《ヌーマン・デギエット》」のことだ。花婿を不能にし、結婚の完遂〔床入り〕をさまたげるために、ある呪文を唱えながら紐をむすぶまじないのことをこう呼んだ。モンテーニュは、ためらう様子もなく、「わが依頼人どの」〔男性器のこと〕——彼は自分を弁護士に見立て、「自分のことのように保証できる某氏」のことを、ふざけてこう呼んでいる——が機能しなかった状況について語りはじめる。モンテーニュは、その前に友人から不能に陥った話を聞かされていて、ちょうど悪いタイミングでそのことを思い出してしまったのだった[3]。

わたしの命令に従わず、勝手気ままにふるまうこの器官以上に、精神と身体の複雑な関係をうまく説明するものはないだろう。それはまるでわたしとは別の、反抗的で、気まぐれで、御しがたい独自の意志をもっているかのようだ。モンテーニュは問う。

この意志というやつは、はたして、われわれがそうしてほしいと思うことを志向しているのだろうか?

（第一巻第二〇章「想像力について」『エセー1』一六二頁）

彼は同一性というものを、心のなかの小さな劇場のようなものとして思い描いている。そこでは、精神、意志、想像力の三者が、あたかも演劇の舞台上のように、対話したり、法廷討議を重ねたりしているのだ。

8　抜けた歯

死は、モンテーニュが思索にふける中心主題のひとつであり、何度も何度も取り上げられている。『エセー』の執筆自体もまた、死の準備作業である。第一巻の初期にあたる第一九章「哲学することとは、死に方を学ぶこと」から、第三巻第一二章「容貌について」、および第一三章「経験について」に至るまでがそうなのだ。「容貌について」でモンテーニュは、戦争やペストという災難に身をさらしながらも、毒ニンジンを飲む瞬間のソクラテスのように節度と平静を保っている農民たちの、ストア派的な態度を賞讃している。次は、「経験について」のなかの一節である。

神様から、生命を少しずつ差し引かれている人間は、主の恵みに浴しているのであって、これこそ、老年を迎えての、唯一の恩恵ではないのか。最期の死が訪れても、その死は、それだけ希薄にして、苦痛も少ないものと思われる——もはや人間の半分、いや四分の一ぐらいしか殺さないのではないのか。ほら、こうして今も、わたしの歯が一本、なんの苦痛も苦労もなしに抜け落ちたところだ。その歯は、自然の寿命をまっとうしたのである。わたしという存在の、その部分も、また別のたくさんの部分にしても、すでに死んでいるのだし、精力旺盛だったころには首位を占めていた、いちばん活発な部分にしても、半分死にかけている。こうしてわたしは崩れ落ちて、自分から流れ出していく。

（第三巻第一三章「経験について」『エセー7』三一四—三一五頁）

死は一度きりしかやってこない以上、試してみることはできない。だがモンテーニュは、死を予感させてくれる経験をすべて活用する。たとえば、すでに見たように、落馬がそうだ。それに続いて生じた気絶は、彼には甘美で穏やかな死のように思われた。ここでは、歯が抜ける経験が、死についてのちょっとした教訓を生むきっかけとなっている。

それは、「老いることにも、一挙にではなく、少しずつ、だんだんと死に至るという、少なくともひとつの利点がある」という教訓である。そういうわけで、彼の言う「最期の死」は、青年時、若さの盛りのころにやってくるのとくらべれば、さほどつらいものではない。歯が抜けること——モンテーニュ自身が経験した、大したことのない、ありふれた災難だ——は、老いのしるし、死の前兆となる。彼はこれを、身体に関わるほかの不具合と比較している。おわかりのように、そのうちのひとつは、彼の男性としての力に及ぶ不具合である。モンテーニュは、フロイトに先がけて、歯と性とを結びつけて、精力のしるし、あるいは——それらがこちらの要求に背くときには——不能のしるしとみなしている。

すでにこれほど進行している落下現象なのに、それをまるで、全体がいっきょに墜落するように感じてしまうとしたら、わが理性とは、なんとおろかなものであることか。いや、そうなってほしくはない。

（第三巻第一三章「経験について」『エセー7』三一五頁）

この最後の部分はあいまいである。「最期の死」は、人間の残骸を奪い去るものでしかないのに、それが全体を一挙に消失させてしまうものであるかのように感じるのは愚かなことだ、という。モンテーニュは、自分はそんなふうに感じるのはごめんだという。だが、はたして彼は、本当にそう思っているのだろうか。要するに彼は、自分に問いかけているのだ。何かを問うということは、それを問いとして意識することである。たとえ歯を一本失って、自分の身体の他の不調を思い知っていたとしても、「最期の死」は、やはり全部を奪い去るものとして感じられるのではないだろうか。

死というものは、いたるところで、われわれの生と混じりあっている。生の日暮れが、死の時間に先行して、われわれの成長発展の流れのなかにさえ入りこんでいる。わたしには、二五歳と三五歳のときという、二枚の肖像画がある。これらの肖像画を、最近描いてもらったものと比較すると、わたしは、どれほどわたしでなくなってしまっていることか。わたしの姿が、どれほど若いころの姿からは遠ざかってしまい、むしろ死の姿に近づいていることか。

（第三巻第一三章「経験について」『エセー7』三一六頁）

モンテーニュは自分に言い聞かせる。彼の精神が想像力に教えさとしている。われわれは生涯のさまざまな時期の写真をもっていて、その黄ばんだ紙に写っている自分が、もはやいまの自分とは異なった存在であると知っている。そこでモンテーニュは、現在の自分とかつての自分との差異を強調するのだ。とはいえ、それでもなお、わたしのなかの何かはまるごと残っているはずだ。彼は古い肖像画を見てつぶやく。「これはもはやわたしではない」と。つまり、［過去のわたしとは別の］わたしは残っている、ひとつの生命がまるごと残っている、ということだ。やがて消え去るのは、この現在のわたしのすべてなのである。

9　新世界

アメリカ大陸の発見、それに続く初期の探検旅行は、ヨーロッパ精神に多大な影響を与えた。これを楽観的にとらえる者もいた。「西欧の進歩はアメリカ大陸に大きく依存している。トマト、たばこ、バニラ、唐辛子、そしてとりわけ黄金が手に入るのだから」と。だが、モンテーニュは不安を表明する。

われわれの世界は最近、もうひとつの別の世界を発見するに至った。（守護神《デーモン》たちも、シビュラたちも、そしてわれわれも、最近までこの世界を知らなかったのだから、これが世界の兄弟のうちの末弟だなどと、だれが請け合えるというのか？）そして、このもうひとつの世界は、われわれの世界に劣らず、大きくて、満ちていて、頑丈な手足を有しているものの、あまりにも新しくて、子供なので、いまだにＡＢＣを教わっている段階だ。つい五〇年前までは、文字も、重量や寸法も、衣服も、麦もブドウも知らずにいた。そして、裸のまま、恵みの母の膝の上で、母たる自然から与えられるものだけで生きてきた。われわれの終末は近いという結論が正しく、先ほどの詩人ルクレティウス〔紀元前一世紀、ローマの詩人、哲学者〕による、彼の時代の若々しさという考え方が合っているとすれば、もうひとつの別の世界は、われわれの世界が退場していくときに、やっとその光芒《こうぼう》を現すことになるのだろう。すると全世界は半身不随で、片方の手足は利かなくなり、もう片方の手足がぴんぴんしていることになる。

（第三巻第六章「馬車について」『エセー6』二五一―二五二頁）

モンテーニュは、未発見の世界がまだあるかもしれないと言う。とすれば、われわれはどうなってしまうのだろうか。彼は、新世界が旧世界とくらべて無垢な世界であると考えていて、その特徴を、文字、衣服、パン、ワインなどの不在に見ている。そこには、宗教の本質的な問題がひそんでいる。新世界の住民が、楽園のアダムとイヴのように、真っ裸で生活しながら恥を知らないのは、彼らが楽園追放を経験していないからではないか。彼らは原罪を犯していないのではないか、というわけだ。

新世界のほうが、旧世界よりも自然状態に近い。そして自然、母なる自然は、モンテーニュにとってつねに善であり、彼はそれを、人為と対立するものとしてたえず讃美する。ひとは自然に近ければ近いほどよいのである。つまり、新世界の男女は、クリストーフォロ・コロンボ〔クリストファー・コロンブス〕によって発見される前のほうが、よき生を営んでいたということだ。

モンテーニュは、発達段階の異なるこの二つの世界が接触することによって、全世界に生じる不均衡を恐れている。マクロコスモス〔大宇宙〕とミクロコスモス〔小宇宙。宇宙の縮小体としての人間〕の間に類似を見る思考様式にならって、人体をモデルとして全世界を考えているのだ。健康な片足と不自由な片足で歩く全世界は、奇形の身体となる。つまり不具、足なえである。

モンテーニュは、進歩を信じていない。彼の循環的歴史観は、幼年期から青年期を経て老年期へと至る、あるいは、最盛期を迎えてからは衰退に転じる人間の生涯に対応している。アメリカ大陸の植民地化には何もよいことなどない。旧世界が新世界を堕落させてしまうだけだ。

でも、わたしがすごく心配なのは、われわれが感化・伝染によって、この新世界の没落、崩壊をとても早めてしまうのではないか、われわれの考え方《オピニオン》や技術《アール》を受け入れることで、大変な代償を払うことになるのではないかということだ。

この新世界は、まだ幼かった。だから、われわれは、彼らを叱咤《しった》して、われわれの規律にしたがわせたのだが、それは、われわれのもつ優れた価値や、われわれ本来の力を活用したものとはいいえない。また、われわれの正義や善意でもって、彼らの心を得ようともしなかったし、寛仁大度《かんじんたいど》なふるまいにより支配したわけでもない。

（第三巻第六章「馬車について」『エセー6』二五二頁）

新旧両世界の接触によって、新世界が老衰に向かうのであって、旧世界が若返るわけではない。歴史は一方向に進むのであり、われわれは黄金期をすでに過ぎてしまっているからだ。われわれが新世界を征服できたのは、優れた道徳によるのではなく、野蛮な暴力のせいである。

モンテーニュは、スペイン人入植者たちがメキシコで行った残虐な所業や、彼らが横暴にもすばらしい文明を破壊してしまったことを記した初期の文書〔フランシスコ・ロペス・デ・ゴマラ『インド通史』（一五五二年刊）〕を読んだのであった。彼は、植民地主義に対する最初の批判者のひとりである。

10　悪夢

モンテーニュはなぜ『エセー』を書きはじめたのか。彼はこれについて、第一巻の「暇であることについて」という短い章のなかで説明している。そこで、一五七一年の隠退に続いて生じた不穏なできごとが明かされる。

わたしは最近になって、残されたわずかな余生を、世間から離れてのんびりすごそう、それ以外のことには関わるものかと心に誓って、わが屋敷に引っこんだ。というのも、そのとき、わたしが精神にしてやれる恩恵といったら、それを十分に暇なままに放っておいてやって、みずからのことに心をくだき、みずからのうちに立ち止まって、腰をすえさせてやること以上のものはないように思われたのである。そうすれば、いずれ時間とともに、精神もずっしりとしてきて、円熟味をまし、もっとたやすく自己のうちにとどまれるのではないのかと待ち望んでいたのだ。ところが、気づいてみると、《暇は、いつだって精神を移り気にしてしまう》〔ルカヌス『内乱』四の七〇四〕のであった。わが心は、放れ馬のようにあばれまわり、他人に対してより、はるかに自由奔放にふるまってしまうのである。そしてわたしのうちに、たくさんの風変わりなまぼろし《シメール》やら化け物《モンストル》を、わけもなく無秩序に、次々と生み出してくるものだから、そのばからしさや異常さを、ゆっくり観察してみようとして、わたしはそれらの目録を作り始めたのだった――いずれ時間がたったら、わが精神に、このことで恥でもかかせてやろうと思って。

（第一巻第八章「暇であることについて」『エセー1』六二―六三頁）

モンテーニュはここで、三七歳のときにボルドー高等法院裁判官の職を辞したあと、『エセー』を書きはじめたころのことを語っている。彼が望んでいたのは、古代の模範に従って、自己を見つめ、自己を知るために、「学究的閑暇《オティウム・ストゥディオスム》」に身を捧げることであった。モンテーニュは、キケロにならってこう考えている。人が真に自分自身になるのは、公的な生活、世俗、仕事にあるときではなく、孤独、瞑想、読書によってである、と。

観想的生を実践的生の上位に置く彼は、人間の自己実現は活動と「労働《ネゴティウム》」にある、すなわち「閑暇《オティウム》」の否定にあると考える近代人の境位には至っていない。労働を重視する近代的な倫理は、プロテスタンティズムの発展と軌を一にしている。それとともに、閑暇と無為はその至上の価値を失い、怠慢と同義語になってしまった。

それで、モンテーニュは何と言っているか。孤独のなかで、彼は安定と平穏を見つけるどころか、恐れと不安にとらわれたと言っている。この魂の病は、憂鬱あるいは怠惰《アケディア》、つまり、休息時の修道士たちをとらえる無気力、甘い誘惑による無気力と同じである。

モンテーニュは、歳を重ねるにつれて自分に落ち着きが生まれるだろうと思っていた。だが実際は、精神は集中するどころか、逆にざわざわと動揺し、「放れ馬」のごとく——生彩ある比喩である——四方八方に走り回っている。裁判官の職務の重さに押しつぶされそうになっていたころとくらべても、もっと心が乱れてしまっているのである。平穏が訪れることを願っていたにもかかわらず、「風変わりなまぼろし《シメール》やら化け物《モンストル》」が、おのれの想念のなかを跋扈《ばっこ》する。まさしく悪夢であり、責め苦である。ヒエロニムス・ボス〔一四五〇頃—一五一六。初期フランドル派の画家〕が描く『聖アントニウスの誘惑』の光景そのものだ〔図版〕。

そこで彼は、文章を書きはじめることにしたという。隠退の目的は当初、執筆ではなく、読書、思索、瞑想であった。書くことは、いわば治療のつもりで始められたのだ。恐れを和らげ、悪魔どもを飼い慣らすための方策である。モンテーニュは、頭にうかぶ想念を記録する——彼の言葉では、「目録《ロール》を作る」——ことにした。「目録」とは、収入と支出とを記入する記録簿、大きな帳面のことである。つまり彼は、自分の思考や妄想を記録し、それらに秩序を与えて、自己を統御《コントロール》するのに役立てることにしたのである。

つまるところ、モンテーニュは、孤独のなかで知恵を求めようとして、狂気にふれたのだ。彼はみずからの幻想や妄念を書き記すことで、それらから逃れ、立ち直った。『エセー』の執筆によって、自分を統制することができたのである。

ヒエロニムス・ボス『聖アントニウスの誘惑』

11　誠実さ

一五八〇年、『エセー』第一・二巻を刊行する際、モンテーニュは慣例に則って、「読者に」と題する重要なまえがきを置いている。

読者よ、これは誠実な書物なのだ。この本では、内輪《うちわ》の、私的な目的しか定めていないことを、あらかじめ、きみにお知らせしておきたい。きみの役に立てばとか、わたしの名誉となればといったことは、いっさい考えなかった。もっとも、わたしの力量では、そうした企てなど不可能なのではあるけれど。
（「読者に」『エセー1』九頁）

彼はおそらく、序文の慣わしに従ったのであろう。序文とは一般に、謙遜の表明というかたちをとるものであり、著者はこの場で、読者の前にもっとも魅力ある姿を現すのである。しかし、モンテーニュは一方で、自分の試みがきわめて独自なのだと示唆することによって、伝統を無視し、ひいてはそれを転覆させている。

まず、作品冒頭から彼は、人間において本質的な資質である「信頼《フォワ》」、「誠実さ《ボンヌ・フォワ》」を提示する。彼が『エセー』全篇を通じて、重要性を強調してやまない資質だ。これこそ彼が自分のなかに見いだす唯一の徳である。彼はこれを、人間関係の構築のために枢要で、不可欠なものと考えている。これはラテン語でいう fides（フィデス）であり、単なる信頼ではなく、忠実さ、すなわち「自分に与えられた信頼を尊重すること」を意味する。まさしくあらゆる信用の基礎となるものだ。信頼、忠実さ、信用、さらには信託――これらはすべて一体のものであり、要するに、他者に対するわたしの契約である。言いかえれば、約束すること、約束を果たそうと努めることだ。

そして、モンテーニュが掲げる「誠実さ」（bonne foi / *bona fides*）とは、悪意、策略、隠しごと、欺瞞、不正のないことである。つまり、正直、忠義のこと、見かけと現実、外見と中身とが合致していると保証することである。わたしは誠実な人間で、これは誠実な書物なのだから、読者は信頼してもよい、読者はだまされることはない、というわけだ。

モンテーニュは、実生活で行動する際にいつもそうしてきたように、読者との間に信頼関係を築こうとしている。信頼関係の基盤とは、利己心のないこと、見返りを求めないことである。モンテーニュは、読者に何かを教えこもうとしているわけでもないし、みずからの記念碑を打ち立てようとしているわけでもない。この書は、身近な人々の輪を脱することを目的としていないのだ。彼は言う。

わたしは、親族や友人たちの個人的な便宜のために、この本を捧げたのである。

（「読者に」『エセー1』九頁）

そうして彼は、死後に彼らが自分のことを思い出し、本書のなかにその姿を見いだしてくれるように望むのだ。だからこそ、自分を飾らぬ姿で提示する。

世間で評判になりたいのならば、わたしだって、もっと技巧をこらし、きらびやかに身を飾ったにちがいない。でも、そうした気づかいや細工なしに、単純で、自然で、ごくふつうのわたしという人間を見てほしいのだ。わたしは、このわたしを描いているのだから。

（「読者に」『エセー1』九頁）

彼は、もし礼節に反しないならば、ブラジルのインディオのように、「よろこんで、わが姿をまるごと、はだかのままに描いたであろう」（「読者に」『エセー1』一〇頁）とも言っている。

つまり本書は、自伝のかたちをとっている。もっとも、これはモンテーニュが故郷で隠退生活を送った当初の計画とは異なる。最初期に書かれたいくつかの章で、彼は自分を描いてはいない。だが彼は、知恵に至るために少しずつ自己の研究に着手し、ついで、自己を知るために、自己を描写することに取り組む。自伝という形式の選択は、ソクラテスの「汝自身を知れ」という教えに従って生じたものだ。

とはいえ、本書が魂の鍛錬の手段、精神を鍛えるための試練のようなものであり、著者の名誉も、読者の教育も目指さないのだとすれば、なぜこれを公刊し、読者に委ねる必要があるのか。モンテーニュは、そのような疑問を一理あるものと認める。

> つまり、読者よ、わたし自身が、わたしの本の題材なのだ。だからして、こんな、たわいのない、むなしい主題のために、きみの暇な時間を使うなんて、理屈にあわないではないか。
> （「読者に」『エセー1』一〇頁）

彼は読者をこの本から遠ざけるふりをし、挑発する。ここから立ち去りたまえ、こんな本を読んで時間をむだにすることはない、と。だが、読者を引きつけるのにこれほどうまいやり方はないことを、彼は十分に意識している。

12　馬上の姿勢

モンテーニュのことを想像するのに、馬上の姿を思い浮かべるにしくはない。それは何よりも、彼が実際によく馬で移動していたからだ。自邸のまわり、領地とボルドーの間の往来、あるいはパリ、ルーアン、ブロワなど、フランス国内の遠隔地までの旅に。さらに、一五八〇年の大旅行の折りには、馬でスイス、ドイツ、ローマを訪れた。そして、モンテーニュと馬がよく似合うもうひとつの理由は、彼にとって、馬上ほど居心地のよい場所はなかったということである。馬上で、自己の安定と姿勢を見いだしたのだという。

旅をすることは、わたしからすると、有益な訓練・実践に思われる。精神は、旅をしながら、未知のものや、新奇なものに注目することによって、絶えざる実習をすることになるのだ。これまでにも、しばしば述べてきたが、人生なるものを教えこむには、たえず本人に、色々な人生や、考え方や、習慣の多様性を示してやって、われわれ人間の性質が、果てしなく多彩な形態を有するものなのだということを、じっくりと味わわせるのが、わたしの知るかぎりでの最高の学校だと思っている。旅にあっては、肉体は、暇でもなければ、酷使されることもない。この適度な動きが、ちょうどよい息継ぎをさせてくれる。わたしは結石の持病があるものの、馬に乗ると、八時間から一〇時間は疲れることもなく、下りないでずっと乗っていられる。

（第三巻第九章「空しさについて」『エセー7』六〇頁）

まず、旅は世界の多様さを知らせてくれる。モンテーニュはこれ以上によい教育法はないと考えている。旅はまた、自然の豊かさを見つめる機会となり、各地の習慣や信仰がそれぞれに異なることを知らしめ、ものごとに対する通念を疑わせる。つまり、旅は彼の根本的な信条である「懐疑」を教えるのである。

次に、モンテーニュは、馬での移動において、特有の快楽を覚えていた。動きと安定とが結びつき、身体に絶妙の均衡が与えられる。これが思索に心地のよいリズムとなるのだ。馬は仕事から解放してくれるが、かといってまったくの無為を与えてはくれない。そうして夢想にかっこうの条件が生まれる。乗馬はまた、「適度な動き《モデレ・アジタシオン》」を与えるという。中庸で理想的な状態を示すぴったりの表現である。アリストテレスは、歩きながら思索し、散策しながら講義した。モンテーニュは、騎行しながら考える。その間彼は、腎臓と膀胱《ぼうこう》の砂や小石のことも忘れている。

しかしながら、いつものことだが、彼は同時に、旅行を、とくに馬での移動を好むのは、自分の優柔不断や不安定さのしるしかもしれないとうち明ける。

わたしにはよくわかっている——旅の喜びというのは、それを端的にいうならば、まさに自分が、落ち着かず、定まらない状況の証人になれることにあるのだと。もっともそれは、われわれ人間を支配するところの、主たる特質なのでもある。そう、そうなのである。だからわたしは、正直にいっておきたい——わたしの場合、夢や希望のなかにさえ、自分がつかまっていられるようなものはなにひとつ見つからないのだと。わたしを満足させてくれるものといえば、変化に富むことと、多様性を楽しむことぐらいである。旅をしていても、「自分はどこで中止しても、いっこうに差しつかえない。その場所から引き返したって、なんの問題もないのだから」という安心感がいつもある。

（第三巻第九章「空しさについて」『エセー7』八七頁）

あまりにも旅を愛することは、停止や決心や定住ができないことを意味する。つまり、落ち着きがなく、持続よりも動揺を好むということである。この点、モンテーニュにとって、旅は人生の比喩にほかならない。彼は、旅するように、確たる目的もなく、世界のなりゆきに身をまかせながら生きるのだ。

利益やウサギを追って走る人間は、本当に走っているわけではない。[…]そして、わたしの人生の旅も、同じようにして進められてきた。

（第三巻第九章「空しさについて」『エセー7』六七―六八頁）

そういうわけで、もし死に場所を選べるとすれば、「ベッドの上よりは、むしろ馬の上であろう」と彼は言う。モンテーニュは、馬に乗り、旅の途中で、自宅からも知人のもとからも遠く離れた場所で死にたいと夢想していた。馬上の生と死――これこそ、彼の哲学の完璧なる象徴である。

13　図書室

モンテーニュの塔は、フランスにある作家の私邸のなかで、もっとも胸打たれる訪問先のひとつである。ドルドーニュ県の、ベルジュラックにほど近い、サン゠ミシェル゠ド゠モンテーニュという村にある。(1)この一六世紀の大きな円形塔が、父ピエール・ド・モンテーニュが建てた城の唯一の名残である。城そのものは、一九世紀末に焼失してしまった。モンテーニュはこの塔でできるだけ長い時間を過ごし、読書、思索、執筆のために閉じこもった。塔のなかにある図書室は、家事や公的生活からの、そして世間の喧噪や時の争乱からの、避難所であった。

家でのわたしは、かなり頻繁に、わが図書室《リブレリ》に足を向ける。そして、ついでに、そこから家事《メナージュ》の指図もする。屋敷の入口の真上にいることになるから、菜園、家畜小屋、中庭など、わが家のたいていの部分を見下ろせるのだ。そして、ここで、ある時はこの本、またある時は別の本と、秩序も、目的も、とりとめもなくページをめくる。時には夢想をし、時には、歩きまわったりして、ここにあるような、とりとめもない思いを書きとめたり、執筆したりする。
　図書室は、塔の三階にある。一階はわたしの礼拝堂であり、二階が寝室と続きの間になっていて、わたしはよく、ひとりになるために、ここで横になる。その上の階には、大きな・個室《ガルド・ローブ》があるが〔「衣裳部屋」とも訳せる〕、ここは昔、屋敷でもいちばん役に立たない部屋であった〔それが今は図書室になっている〕。わたしはここで、人生のほとんどの日を、昼間の大部分を過ごすのだ。ただし、夜はけっしてここにはいない。

（第三巻第三章「三つの交際について」『エセー6』八八頁）

角に位置するこの塔から、モンテーニュは敷地全体を見わたし、高所のこの離れた場所で、城内の人々の動きを眺めていた。そしてとりわけ、彼自身の言葉を借りれば、書物の「ふところ」に抱かれて、「本来の自分に立ち帰る」ために、そこに身を隠していた。この図書室は、一五七一年の隠退後、彼が梁《はり》の上に刻ませた多数のギリシア語やラテン語の引用句によってよく知られている。(2) この引用句の数々を見ると、宗教の本も世俗の本も含めて、彼がいかに多様な書物を読んでいたか、また彼がいかに醒めた哲学を身につけていたかがよくわかる。なかでも、梁のひとつには、「伝道の書」の「空の空、一切は空である」という句が記されている。聖書の教えとギリシア哲学の知恵との結合であるこの文句は、モンテーニュの人生観をきわめて端的に表している。

さらに印象的なのは、彼が自分のここでの活動を、あたかも何の意味もないものとして描いていることである。本をぱらぱらとめくっているだけで、読んでいるわけではないし、ただ夢想を綴っているだけで、文章を書いているわけではないというのだ。いかなる計画もなければ、記された考えの間にいかなるつながりもない、と。

インターネットや電子書籍がますます普及すれば、本を前から順番に、長時間没頭して読むこと――われわれが慣れ親しんだ読み方だ――などなくなるだろうとよく言われる。だが、モンテーニュはつとに――しつこく、と言うべきか――移り気で、不連続で、集中力を欠いた読み方がよいと主張していた。きまぐれで場当たり的な読書のすすめである。気の向くままに本から本へとさまよい、獲物が見つかれば拾ってくるという読み方だ。その際、自著を飾る引用句を提供してくれる作品そのものには、さほど関心を向けない。彼は、自分の本はあくまでも夢想の産物であって、熟考の産物ではないと強調している。

図書室で「学究的閑暇」を過ごしていると、モンテーニュは強烈な幸福感にとらわれる。だが、さらにもう一工夫あれば、もっと大きな満足感が得られただろうという。屋外の歩廊をしつらえれば、歩きながら思索ができるだろうと。しかし、出費を考えて断念する。

もしもわたしが、費用のことだけでなく、面倒を恐れないならば——ところが、この面倒くささのせいで、わたしはすべての仕事を遠ざけてしまうわけなのだが——、〔図書室と同じ階の〕両側に、長さ一〇〇ピエ、幅一二ピエの平らな回廊を付けさせるのも造作なくできそうだ。というのも、別の目的で作った壁が、おあつらえ向きの高さにできていると、わかったのだ。引きこもる場所には、どこにも、散歩する空間が求められる。わたしの思索などは、それを座らせておくと、眠ってしまうのである。わが精神は、わが脚が動かしてやらないとだめで、ひとりぼっちでは進んでくれないのだ。書物なしで学ぶ人にも、すべて、このことがあてはまる。（第三巻第三章「三つの交際について」『エセー6』八八—八九頁）

人は動いているときのほうが、よくものを考えられる。——モンテーニュお得意の見解である。

14　女性読者に

モンテーニュは、『エセー』をフランス語で書くことにした。一五七〇年代にあって、この選択はあたりまえのものではなかった。これに関して、彼自身がのちの一五八八年に、「空しさについて」の章で説明している。

わたしは、この書物を、少数の人々に向かって、わずかな年月のために書いているにすぎない。もしも、これが長持ちするような内容であったなら、もっと堅牢な言語《ランガージュ》〔ラテン語を念頭に置いている〕に委ねるべきであったにちがいない。われらがフランス語が、現在にいたるまで絶えず変化してきたことから判断して、フランス語の現在のかたちが五〇年後も通用すると期待することなどできるのだろうか？　それは毎日、われわれの手から流れ出ていくのだ。わたしが生まれてからでも、半分は変わってしまっている。われわれは、現在のことばは完全だなどという。しかも、それぞれの時代が、その時代のことばについて、これと同じことをいっているのだ。

（第三巻第九章「空しさについて」『エセー7』七六―七七頁）

モンテーニュは、知識人の言語、哲学および神学の言語であるラテン語ではなく、俗語、日常言語であるフランス語を選んだ。古代人の記念碑的言語を放棄し、自分の思索を、不安定で、たえず変化し、滅びゆく言語に委ねた。つまり、すぐに誰にも読まれなくなる可能性があるということだ。

右は、謙遜を装った言葉ではないだろう。「わたしはうぬぼれてなどいない。私は何世紀ものちの読者のためにではなく、ほんの親しい人々のために書いているにすぎない」と言いたいのだ。この口ぶりに嘘は感じられない。モンテーニュは実際に、自分の生涯のなかで、フランス語が変化していくのを目《ま》の当たりにした。その移り変わりを身をもって経験したのだ。彼は自分の考えを記した文章が、やがて解読不能になるだろうと予想している。

スタンダールは、一八三〇年に、自分の作品が半世紀後あるいは一世紀後の、一八八〇年か一九三〇年にも読まれるという賭けをして、後世への期待をフランス語の不変性に託した。モンテーニュは、これとは反対に、フランス語が自分の生涯の間にも変化をとげている以上、自分の文章が長く読まれることなどまずないだろうと、大まじめに語っているのである。幸いにも、これは彼の早合点だった。

ただ、彼にとってラテン語で書くのはたやすいことだっただろう。ラテン語は幼少時から学んだ言語であり、彼の母語といえる言語だったからだ。彼の父は、息子がラテン語を完全に操れるようになることを望んだ。

父が発見した方法とは、わたしがまだ乳飲み子で、ろれつもまわらないうちから、あるドイツ人の手に委ねることでした。この人はのちにフランスでも有名な医者となりまして、もう亡くなりましたが、フランス語はまったく知らない代わりに、ラテン語がとても堪能な方でした。[…]わが家の残りの人たちですが、父も母も、召使いも、小間使いも、わたしといっしょのときは、とにかく、わたしと片言をかわすために覚えたラテン語のいくつかの単語だけしか使わないというのが、絶対的なルールとなっていました。

（第一巻第二五章「子供たちの教育について」[1]『エセー1』三〇一頁）

フランス語よりも先にラテン語を話すようになったモンテーニュがフランス語で書いたのは、フランス語が、彼の想定する読者の言語であったからである。彼が書くのに用いた言語は、自著を読んでもらいたい人のための言語だった。

おのれの衰えゆく精力という大胆な主題を扱う「ウェルギリウスの詩句について」という章において、モンテーニュは、この章を隠れて読むであろう読者、とりわけ女性読者を登場させている。

わが『エセー』が、ご婦人方にとって、客間の家具というか、ふつうのインテリアにしか役立っていないのは残念というしかない。でも、この章がわたしを、彼女たちの私室《キャビネ》に入れてくれるであろう。わたしは彼女たちと、少しばかりプライベートなお付き合いをしたいのだ。人前でのお付き合いでは、はからい《ファヴール》もなく、おもしろみ《サヴール》に欠ける。

（第三巻第五章「ウェルギリウスの詩句について」『エセー6』一二八頁）

彼がフランス語で書こうと決めたのは、女性に読まれることを願ったからだ。女性は、男性ほど古代の言語になじみがなかった。

しかし彼は、とりわけこの「ウェルギリウスの詩句について」の、本音を語る場面で、ラテン語詩からの引用を好きなだけ詰めこんでいるではないかと、あなたはおっしゃるだろう。そのとおりである。彼は矛盾など気にする男ではないのだ。

15　戦争と平和

『エセー』のなかの多数の記述によって、戦時中の、なかでも最悪の戦争である内乱の時代の日常生活がどんなものだったかを知ることができる。当時にあっては、明日目覚めてもまだ自分が自由な人間でいられるかどうかを、誰ひとり確証できなかったし、明日まで自分が死なずにいられるかどうかは、偶然に委ねるほかはなかった。たとえば、「空しさについて」の章には、こんな一節がある。

わたしは自分の家で、幾度となく、「今夜こそはだれかに裏切られて、殺されるかもしれないぞ」と思って、いっそのこと、恐怖もなしに一気に死なせてくれませんかと、運命の神と交渉しながら寝たものだ。そして主の祈りをしてから、《これほどしっかりと耕した畑も、どこかの不信心な兵士のものになってしまうのか》〔ウェルギリウス『牧歌』一の七〇〕と、叫ぶのだった。

（第三巻第九章「空しさについて」『エセー7』五四頁）

モンテーニュは眠りに就く前、自分の身の上を「運命《フォルチューヌ》」という異教の女神と、キリスト教の父なる神に同時に委ね、両者を折り合わせるために、ぬかりなくウェルギリウスを引用してくる。運命は自分の思いどおりにはならないこと、家屋の維持さえも自分の力ではなんともならないことを、彼はよく承知している。しかし、そのうちに彼は、人は戦争にすら慣れてしまうものだと悟る。

いかなる手だてがあるというのか？　ここはわたしの生まれた土地であり、わが先祖の大部分が生まれた土地なのだ。先祖はこの土地に愛情をそそぎ、その名をつけた。われわれは慣れたものごとに対しては、なんでも強くなる。現在のわれわれのような、悲惨な状況にあっては、それに慣れるということこそ、自然の大いなる恵みにほかならなかった。この慣れのおかげで、数多くの不幸・災いによる苦しみの感覚も和らいでいる。内戦なるものは、各人が自分の家にいながら、歩哨に立たなければいけないという点で、ほかの戦争よりもひどいものといえる。［…］わが家で一家団欒《だんらん》のときも、不安にさいなまれるのは、この上ない不幸というしかない。わたしが住んでいる土地は、いつでも、わが国の戦乱における最初にして、最後の土地となっている。ここでは、平和がその全貌を見せてくれることは一度もない。（第三巻第九章「空しさについて」『エセー7』五四―五五頁）

自宅（しょせんは頼りない避難所にすぎないが）にいてすらも覚える身の危険や、われわれが不安定な境遇で生きることにも慣れてしまうさまを、モンテーニュはしばしば話題にする。こんなふうに日常化した戦争が、『エセー』のいたるところに顔を出している。それはいわば、戦争における日常のことどもであって、闘い以外のこと、なんとか生きのびるために日々行われる営みのことである。たとえば、戦争の災厄にもペストの災禍にもひとしく平然と耐える、農民たちの営みだ。

『エセー』初期の多くの短い章は、戦術に関係している。「包囲された砦の司令官は、そこから出て交渉すべきなのか」（第一巻第五章）、「交渉のときは危険な時間」（第一巻第六章）などである。だが、本書を読み進めるにつれて、戦時における日常生活の倫理が、繊細な筆致で描かれていることがわかる。味方や敵に対してどのようにふるまうべきか。この上なく自分に敵対的な状況で、いかにして誠実さを保てばよいか。身のまわりのものがすべてたえず転変していくときに、自己に忠実でありつづけるにはどうすればよいか。いかにして移動の自由を維持するか。――このような疑問に対して、『エセー』は、無数の断片的な助言を与えてくれる。そしてそれらは、次の美しい提言に要約される。

われわれは現在、内乱のさなかにあるけれど、そのことによって行ったり来たりする自由が妨げられないように、わたしはささやかな知恵を用いている。

（第三巻第一三章「経験について」『エセー7』二六〇頁）

これは『エセー』の最終章であり、全章の教訓のまとめである「経験について」の一節だ。戦時にいかにみずからの自由を確保するかと問うている。なぜか。それは、モンテーニュにとって、自由以上に尊い善はないからである。

つまるところ、『エセー』は、戦争の術と平和の術を個別に示すよりはむしろ、戦時においていかに平和を見いだすか、この上なくおぞましい戦中にあって、いかにして穏やかな生を送るかを説いているのである。

16 友

モンテーニュの生涯における一大事は、一五五八年のエティエンヌ・ド・ラ・ボエシ（モンテーニュより三つ年長の一五三〇年生まれ）との出会いと、それに続く彼との友情であった。それは一五六三年のラ・ボエシの死によって終わる。数年間の友愛ののちの喪失感から、モンテーニュは生涯立ち直ることはなかった。彼は、父に宛てた長く感動的な手紙[1]のなかで、友の最期について語っている。

のち、『エセー』第一巻が、亡き友の慰霊碑として構想された。そこでは、ラ・ボエシの『自発的隷従論』がまんなかの「いちばんいい場所」に置かれるはずであった。その際、モンテーニュ自身の文章は、「グロテスク模様」、すなわち傑作を引き立てる装飾画にすぎない（第一巻第二七章「友情について」『エセー2』一八頁）。だが彼は、この計画を断念する。それは、ラ・ボエシのこの論文――圧政的君主に対抗して自由を弁護する論文だ――が、プロテスタントによる王権批判文書のかたちで出版されてしまったからだ。[2]モンテーニュは、本論を収めるかわりに、アリストテレス、キケロ、プルタルコスの一大伝統にならって、友愛礼讃の文章を書く。

われわれがふつう友人とか、友情とか呼んでいるのは、つまるところ、それによっておたがいの魂が支え合うような、なにかの偶然ないし便宜によって取り結ばれた親密さや交際にほかならない。そして、わたしがお話ししている友情の場合、ふたつの魂は混じり合い、完全に渾然一体となって、もはや両者の縫い目もわからないほどなのである。もしだれかに、なぜ彼が好きだったのかと、しつこく聞かれても、「それは彼だったからだし、わたしだったから」と答える以外に、表現のしようがない気がしている。

（第一巻第二七章「友情について」『エセー2』二七頁）

モンテーニュは、温和で恒常的な友愛を、熱狂的だが変化しやすい恋愛と対置する。そしてまた、友愛を結婚からも区別する。結婚は取引のようなものであり、自由と平等を制限するものだという。こうしたモンテーニュの女性不信は、「三つの交際について」の章にも見いだされる。恋愛と友愛を読書と比較する章だ。(3) 彼にとって友愛とは、二者間の唯一の真に自由な絆であり、一方的な支配のもとでは生まれえない絆である。これは崇高な感情である。通常の友愛ならばいざ知らず、二つの偉大な魂をもはや分かつことができないまでに融合させる理想的な友愛なのだから。

ラ・ボエシとの友愛は、モンテーニュにとって、説明できない謎でありつづける。「それは彼だったからだし、わたしだったから」だという。モンテーニュは、長い時間をかけてこの忘れがたい句を生み出した。一五八〇年版、一五八八年版の『エセー』にはこの句は見られない。この時点ではまだ、友愛の謎についての問いかけだけにとどまっている。彼はまず、自分用の『エセー』(4)の余白に「それは彼だったから」と書き込み、またのちに、別のインクで「それはわたしだったから」と記した。そうして、双方ともに「一目惚れ」であったことを説明しようとした。

わたしの思惟を越えて、わたしが個別にいえることを越えて、そこには、なにかしら説明しがたい、運命的な力が働いており、この結びつきのなかだちをしてくれたのだ。われわれは、出会いをはたす前から、おたがいの評判を耳にすることで、求めあっていたのである。それはふたりの感情に対して、そうした噂の中味からは及びもつかないほどの影響を与えたわけで、天の配剤のようなものかとも思う。われわれは、おたがいの評判によって抱擁しあっていたのである。われわれは人出でにぎわう、町の大きな祭りのときに、初めて偶然に出会ったのだが、たがいにとりことなり、すっかり意気投合して結びついたために、それ以後はふたりにとって、おたがいどうしほど身近なものはなくなったのだ。

（第一巻第二七章「友情について」『エセー2』二七頁）

モンテーニュとラ・ボエシは、知り合う前から運命によって結びつけられていたという。モンテーニュはおそらく、二人の友愛を理想化している。ずっとあとになって、彼は明らかにこの友のことを念頭に置いて、もし手紙を書ける友がまだ生きていたなら、『エセー』を書くことはなかっただろうと語る。つまり、こうしてわれわれに『エセー』が残されているのは、ラ・ボエシがいたおかげ、そしていなくなったおかげなのである。

17　ローマ人

モンテーニュはルネサンスの人であり、エラスムス〔一四六九頃―一五三六。オランダの人文学者〕にも親しんでいた。エラスムスは、確固たるユマニスト精神に駆られ、ペンは剣よりも強しと信じ、その著『平和の訴え』にて、文芸こそが武器を黙らせ、世界に平和をもたらすのだと主張した。モンテーニュにはしかし、まるでそんな考えはなかった。彼は、文芸の力についても、キリスト教君主のもたらす恩恵についても、ひとりの人間が説得力を用いて交渉することで平和が実現しうるということについても、ひとしく懐疑的であった。自分の経験からして、陳腐な言いまわしのとおり、剣がペンに、あるいはトーガ〔平服〕に屈する――キケロは『義務論』で「武器はトーガに譲る」と言った[1]――などと考えるほど、大胆にはなれなかったのだ。

それはつまり、モンテーニュは、言葉や弁論術に不信感を抱いていたということである。彼は「教師ぶることについて」という章の末尾で、ギリシアの二つの都市国家アテネとスパルタとを対比している。アテネでは雄弁が尊ばれたが、スパルタでは言葉よりも行動が讃えられた、と。モンテーニュはこのうち、断固としてスパルタを支持する。その際、文芸は個人と社会を惰弱化するという、また別の紋切り型の発想を受け入れている。

学問研究が、人の心を強固にして、戦いに慣れさせることはなく、むしろ軟弱にして、女々しいものとしてしまうことを、さまざまな実例が教えてくれる。現在、世界最強と思われる国は、トルコであるが、彼らもまた、武力を尊び、学芸を軽んじるように教育されている。ローマだって、学問を身につける前のほうが、雄々しかったと思う。

(第一巻第二四章「教師ぶることについて」『エセー1』二四四—二四五頁)

モンテーニュがローマの衰退の原因を、技術、学問、文芸の発展、文明の洗練化に見ていることはまちがいない。

今日の時代でも、もっとも好戦的な国々は、もっとも粗野で、無知な国家なのだ。スキュタイ[スキタイ]人、パルティア人、ティムールが、いい証拠だ。ゴート族がギリシアを荒らしまわったときに、各地の図書館は業火をまぬがれることができた。それは、彼らのなかのひとりが、「そんな建物はそっくりそのまま、敵方に残すべきだ。座ったまま、いかにも暇そうに、あれこれと仕事に時間を使うことで、軍事訓練から遠ざかるのにおあつらえむきだから」という意見を、広めたからにほかならない。そういえば、フランス国王シャルル八世が、ほとんど剣を抜くことなく、ナポリ王国やトスカナの大部分の支配者となったときも、お付きの諸侯たちは、このあっけないほどの征服の理由を、イタリアの君主や貴族たちが、力強く、戦いに優れた人間となるよりも、利発にして、学識のある人間になろうとして時間をかけていたことに求めたのであった。

（第一巻第二四章「教師ぶることについて」『エセー1』二四五頁）

モンテーニュは、トルコ人、ゴート族、シャルル八世治下のフランス人といった例を次々に挙げ、国家の強さは文化の発展と反比例すること、学問にかまけるような国家は滅亡に瀕することを示そうとする。モンテーニュは、文芸共和国を熱狂的に讃美する素朴なユマニストではない。文芸による国家の弱体化を憂う、行動の人である。要するに彼は、ユマニストというよりもローマ人だったのであり、しばしば古代の無知の状態を讃えさえするのである。

ローマ時代は、学問が栄え、みずから滅びたローマよりも、古代のローマのほうが、平時であれ、戦時であれ、より卓越した人材を輩出したように思われる。

（第二巻第一二章「レーモン・スボンの弁護」『エセー4』九二頁）

こうして、モンテーニュに認められるのは、過度に文芸を好む姿勢ではなく、軍事力の優位、「服従し、命令する学問」（第一巻第二四章「教師ぶることについて」『エセー1』二四四頁）の優位を気高く維持する姿勢である。彼にとって平和維持の術は、弁論術ではない。説得する以上に、「相手に攻撃を」断念させる力である。(2)

18　改革は何のため？

モンテーニュは、新しいものを警戒していた。新奇なものが世界をよくするとは考えなかったのだ。『エセー』のなかに、のちの啓蒙の世紀〔十八世紀〕に開花する、「文明の進歩」という教養の先駆を見いだすのは無理である。「空しさについて」の章では、改革の企てはすべて批判されている。

革新ほど、国家を苦しめるものはない。変化だけでも、不正や専制に形を与えてしまう。どこか一部分が外れてしまっても、つっかい棒をすることが可能ではないか。すべてのものごとにつきものの変質や腐敗のせいで、最初の原則から遠ざかりすぎないように、対抗策を講じることはできるのだ。けれども、これほど巨大なかたまりを鋳造し直して、これほど巨大な建造物の土台を交換するようなことに手を付けるのは、汚れを落とそうとして、壁画などを全部消してしまう人々、個別の欠点を直そうとして、全体の混乱を招いてしまう人々、病気を治そうとして、病人を殺してしまう人々、《ものごとを改革するよりも、破壊したがる人々》〔キケロ『義務について』二の一の三〕がすることなのである。

（第三巻第九章「空しさについて」『エセー7』三一―三二頁）

革新や新奇さという言葉によってモンテーニュが真っ先に思い浮かべているのは、もちろんプロテスタントによる宗教改革と、それに続く宗教戦争のことである。また彼は、アメリカ大陸の発見と、それによって生じる全世界の不均衡および早まる衰亡の危機にも、思いをいたしている。彼にとって、われわれの「最初の原則」としての黄金時代はとうに過ぎ去ったのであり、これ以上のどんな変化も有害で、むなしいものだ。「明日の百より今日の五十」、あるいは「最悪のことこそ確実に起こる」のである。(1)

現状を変革しようとすることは、改善ではなく悪化させてしまう危険を冒すことである。モンテーニュの懐疑主義は、保守主義、すなわち習慣や伝統を守る姿勢に通じる。習慣や伝統は恣意的なものにすぎないが、よりよいものを生み出せるかどうかわからないのに、あえて現行のものを捨ててしまう理由はない。であれば、改革など何の役に立つのか。モンテーニュは、君主を滅ぼすには非暴力不服従だけで十分であると説く友人ラ・ボエシの『自発的隷従論』

が、君主政打倒を叫ぶ扇動文書だと誤解されるのを嫌ったが[2]、その背景には、改革に対することのような疑念があったのだ。憂鬱質の人が一般にそうであるように、モンテーニュもまた、あらゆる改革の（現代の表現を用いれば）「副作用」を強調するのである。

彼のように、この世界の不正と圧政の唯一の原因を改革にあるとみなすのは、おそらくいきすぎだろう。だが彼は、もとの状態の回復あるいは復興と、改革あるいは根本的な再建とを、意図的に対置している。彼には、新奇なものへの信仰は一切ない。その逆である。彼は社会を考える際に、ミクロコスモスとマクロコスモスの図式に従って、またもや国家を人体のようなひとつの有機体にたとえている。そして、モンテーニュは何よりも、医学に不信感を抱いている。彼にとって改革者は、病気を治すと言いながら患者を結局死に至らせてしまう医者と同じなのである。

世の中というのは、治療にはどうも不向きなのである。自分を圧迫する存在にはなかなか耐えられなくて、その代償のことなど考えずに、とにかくそれを厄介払いすることばかり考える。数多くの実例からわかることは、世の中が直るといっても、自分を犠牲にしていることだ。現在の病気から解放するだけでは、治癒とはいえない。全体の状況が改善しなければだめなのである。

（第三巻第九章「空しさについて」『エセー7』三二一頁）

病気はわれわれの自然状態である。病気を根絶しようなどとは思わずに、うまくつきあって生きるすべを学ばねばならない。モンテーニュは扇動家たち、民衆によりよい未来を約束するような浅はかな連中を軽蔑する。法律家であり政治家でもあったモンテーニュは、決して独断的な立場をとらず、プロテスタントの宗教改革と急進的な旧教同盟の双方をともに退けることによって、国家、それも法治国家の安定を、イデオロギー論争よりも優位に置くのである。その意味で彼は、体制順応主義者でもあり、ことなかれ主義者でもある。ユマニストはまだ啓蒙主義者ではなかったし、モンテーニュは近代人ではなかったのである。

19　他者

『エセー』のもっとも独自な特徴のひとつに、モンテーニュと他者たちとの対話がある。それは、鏡を見るのに似ている。モンテーニュが数々の書物のなかに自分を映して見つめ、それらを講評するのは、自分を偉く見せようとするためではなく、まさにそこに自分の姿を認めるからである。彼はこのことを、「子供たちの教育について」の章で語っている。

自分の考えを、もっとしっかり言い表したいときしか、他人のことばは、引き合いに出さないようにしているのです。（第一巻第二五章「子供たちの教育について」『エセー1』二五五頁）

これによってモンテーニュは、他者との交流が、自己を見つめるための方法となることを告げようとしている。彼が他人の本を読み、引用するのは、自分をよりよく知るためなのだ。そしてまた、自己に向き合うことは、他者を知る方策ともなる。自分を知ることが、他者に目を向けるのに役立つのだ。他者のおかげで自分を知るすべを学ぶことで、他者のこともよりよく知ることができる。自分のことよりも、他者のことのほうがよく理解できるのである。

わたしはこのようにして、長いこと、自分のことを考察するのに注意を払ってきたから、他人のことも、かなりまともに判断できるように鍛えられた。それに、これ以上じょうずに、申し開きができるように話せることは、ほとんどないのだ。友人の気質を、本人よりも正確に見分けるようなことも、しばしばある。（第三巻第一三章「経験について」『エセー7』二六七頁）

他者とのつきあいが自分との出会いに役立ち、自己を知ることが他者と向き合う手段となる。モンテーニュは、近代の哲学者たちよりもずっと早く、自己と他者との弁証法《ディアレクティック》に気づいていた。ポール・リクールはのちに、道徳的生を送るためには、「自己自身を、他者を見るように見なければならない」と語る。

モンテーニュは隠退後、他者との交際を絶ったわけではなく、むしろより頻繁に他者と交流するようになった。彼の生涯は、前半の活動的な生、後半の思索的な生という二つの部分から成り立っていたわけではない。そうではなくて、隠退と思索の日々が続いたかと思えば、また再び市民生活と公共的な活動に立ちもどるというように、両者は交互に進展していったのである。

『エセー』最終章の次のみごとな一文も、右と同じように理解したい気になる。

ことばとは、半分は話し手のもの、半分は聞き手のものだ。

（第三巻第一三章「経験について」『エセー7』二八九頁）

自己と他者とは互いに補い合う関係にあるという事実を、モンテーニュはしばしば礼讃するが、そうであるならば、どちらが発した言葉であっても、それが真実の言葉であるかぎりにおいて、対話者間で共有されることになる。わたしが語るとき、相手がわたしを通じて語っているのである。

ただし、この美しい一節の解釈には慎重でなければならず、またこれを理想視してはならない。これに続く文章では、語り手と聞き手とはそれほど友好的ではなく、協力的でもないからだ。むしろ両者は、対話というゲームにおいて、攻撃的で、競い合う関係にある。

聞き手は、相手の話し方の調子に応じて、受け取る心構えができてないといけない――

テニス《ポーム》をする人のあいだで、レシーブする側が、サーバーの動きとか姿勢に応じて、うしろにさがったり、構えたりするのと同じ理屈である。

（第三巻第一三章「経験について」『エセー7』二八九頁）

モンテーニュは、会話をテニス、さらには槍試合にたとえている。それは勝負を決するための戦いであり、二人は敵同士、ライバル同士である。よって、誤解してはならない。守備側は相手の攻撃の範囲内にいてはならず、攻撃側は相手の動きを考慮して自分の立ち位置を決めなければならないのである。「話し合う方法について」という章で、モンテーニュは、あえて対話相手の言い分が正しいと認めようとしている。[1] だが、テニスでもそうだが、勝負が実りあるものとなるためには、両者のいずれもが、積極的に参加しなければならない。

このように、モンテーニュは、会話というものを、友好と決闘のいずれとみなすかで揺れている。もっとも、たとえば「役立つことと正しいことについて」の章にある次の寛容な一節では、会話においては信頼関係がまさると見ているようだ。

こちらが心を開いて話せば、あちらも心を開いて、心中を打ち明ける。お酒や恋愛と同じなのである。

（第三巻第一章「役立つことと正しいことについて」『エセー6』一七頁）

20　重量オーバー

版を重ねるたびに、『エセー』はますます厚くなっていった。分量がひどく増大したのだ。モンテーニュは、死ぬまでずっと、自分の文章を読み直すたびに、本の余白に、引用文や思いついたことがらをどんどん書き足していった。この作業について彼は、「空しさについて」の章のなかでふれている。第三巻の、まさにかなり晩年に付加された文章である。

わたしの書物は、つねにひとつなのである。ただし、新版を出すときには、それを買いにきたお客さまを手ぶらで帰してもいけないから、あえて、少しばかり余計な飾りを付け足すことにしている。なにしろ、この書物は、そもそもがぴったりとは合わない寄せ木細工にすぎないのだから。そうした加筆はただの重量オーバー《シュルポワ》、最初の形を非とするようなものではなく、ちょっとばかり欲張った工夫をすることで、後続のそれぞれの形に、個別の価値を与

えるものなのだ。（第三巻第九章「空しさについて」『エセー7』四二頁）

モンテーニュは、のちになって自作を読み返す。彼の皮肉は明白だ。加筆する自分を商人にたとえ、読者を客にたとえて語っている。自分は、店の品物におまけを付けたり、商品を一新したりして、客の気を引こうとしているのだという。彼は、自分を一介の職人とみなすことで、自分自身と自作を卑下している。そもそも自分の本など、ばらばらな断片の集積、ちぐはぐな部品の寄せ集め、どんなときでも好きなだけ積み重ねていける落書きの山でしかない、というのである。

「余計な飾り」、「ちょっとばかり欲張った工夫」――「重量オーバー」を意味するモンテーニュの用語は、あいまいで、少し気取っていて、具体的であると同時に抽象的である。これらの用語は、この加筆部分の意味について、モンテーニュ自身が明確な考えをもっていないことをよく表している。この話題を彼はしばしば取り上げている。別の章では、加筆はするが、一切訂正はしないと語っている（第二巻第三七章「子供が父親と似ることについて」『エセー5』三一七頁）。だが実際にはそんなことはない。こうして彼は読者に、加筆部分が雑多な要素からなるばかりでなく、不調和で矛盾する内容を含む場合もあることを知らせているのである。加筆はたまたま起こる。それは、書物あるいは人生において生じる偶然によって起こるのだ。ゆめゆめこれを、彼自身の、あるいはその作品の、改善や進歩を表すものとみなさぬように。モンテーニュ自身が、そのことをはっきりと伝えようとしている。

わたしの理解力はいつも前進するわけではなくて、後退することだってある。自分の考え方が第二、第三のものだからといって、第一のものよりも信用するわけでもない。つまり、現在の考え方だといって、過去のそれよりも信じはしないのだ。他人を添削する場合と同じで、自分を添削する場合も、われわれはよくばかをしでかすのだ。わが『エセー』が最初に出版されたのは一五八〇年なのだが、それからわたしは何歳も年をとった。でも、少しでも賢くなったかといえば、それは疑わしい。今のわたしと、少し前のわたしは、たしかに二つの存在である。しかし、どちらのわたしのほうが優れていたかとなると、なんともいいようがないのである。

（第三巻第九章「空しさについて」『エセー7』四三頁）

モンテーニュの懐疑主義は極端である。『エセー』の第一版が劣っているわけではない。歳を重ねたところで、知恵が増すとはかぎらない。あとで書き足した部分も、前に劣らず不完全なままだという。すると、パラドクスは明らかだ。「今のわたしと、少し前のわたしは、たしかに二つの存在である」と語りながら、「わたしの書物は、つねにひとつなのである」と言うのだから。これこそが、モンテーニュが引き受ける矛盾である。「自分はおそらく不定であり、たえず変化する存在である。だがわたしは、わたしの多様な行為や思索の全体のなかに、自分自身を見いだす」ということだ。こうして彼は、少しずつ、自分と自分の本とを完全に同一視するに至るのである。

わたしがこの書物を作ったというよりも、むしろ、この書物がわたしを作ったのである。これはその著者と実体を同じくする書物である。

（第二巻第一八章「嘘をつくこと」『エセー5』一三一頁）

だから、

一方にふれるならば、他方にふれないわけにはいかないのだ。

（第三巻第二章「後悔について」『エセー6』四四頁）

人と本とは一体のものにほかならない。

21　皮膚と肌着

すでに述べたことだが、モンテーニュは政治家であって、社会と積極的に関わる人物であった。だが彼はつねに、なにごとにも夢中になりすぎないように、対象から少し距離を置くように、自分が舞台で演技をしているのだと考えるように努めていた。このことを彼は、『エセー』第三巻の「自分の意志を節約することについて」という章で説明している。執筆はボルドー市長を務め終えたあとのことである。

われわれの職業・仕事のほとんどは、にわか芝居みたいなものだ。《世間全体が芝居をしているのだ》［ペトロニウス］。われわれは、自分の配役をしっかり演じなくてはいけないが、その役を、借りものの人物として演じるべきだ。仮面や外見を、実際の本質としてはいけないし、他人のものを、自分のものにすべきではない。われわれは、皮膚と肌着を区別できないでいる。でも、顔におしろいを塗れば十分なのであって、心にまで塗る必要はない。（第三巻第一〇章「自分の意志を節約することについて」『エセー7』一四〇―一四一頁）

世界は舞台である。――モンテーニュは、古代からおなじみの決まり文句をもち出してきている。われわれはみな仮面をかぶった俳優にすぎないのだから、役柄を人格ととりちがえてはならない。心して演じよう。義務を果たそう。だが、演技を本来の自分と混同してはならない。本心と役割との間に余白を確保しておこう。

モンテーニュは偽善の教えを説いているのだろうか。『エセー』を初めて読んだ若いころ、わたしはこの種の巧みな区別に不信感を抱いた。若者は誠実でありたい、正直でありたいと願う。つまり、現実と見かけとの間が完全に一致した状態、両者が互いにまったく透明な状態を夢見るものだ。それゆえハムレットは、宮廷のしきたりを告発し、いかなる妥協をも許さなかった。彼は母である女王の前で叫ぶ。「見かけなど知ったことではない」と（シェイクスピア『ハムレット』第一幕第二場）。

だが、人は成長するにつれて、権力者はものごとをまじめに受け取りすぎるのではなく、自分の職務に没入しないほうがよいこと、ユーモアあるいは皮肉の感覚をもちつづけるべきことを理解するようになる。中世の「王の二つの身体」に関する理論を連想させる。[1] 王は、政治的で不死の身体と、肉体的で死すべき身体の二つを保持しているという理論である。君主は自己の人格と職務とを混同してはならないが、かといって、自己の権威を傷つけてしまうほど、与えられた役割を軽視しすぎてもいけない、ということだ。シェイクスピアのまた別の主人公であるリチャード二世が、まさにそうであった。彼は、役割を演じていることを意識しすぎるあまり、やがて滅ぼされた。

モンテーニュは、ひと言でいうならば、頭でっかちでない人との関わりを好む。

なかには、さまざまな職務につくごとに、変身し、実体変化をして、新しい姿や形の人間になる人々がいるのを、わたしも知っている。彼らは、肝臓やら腸までも高位聖職者となり、その職務を便所にまで引きずっていくのだ。この種の人間には、彼ら個人への挨拶と、彼らの職務、随員、あるいはラバへの挨拶とは別物なのだと教えようがない。《彼らは自分の幸運に多くを委ねすぎていて、自分の本性を忘却しているのである》［クィントゥス・クルティウス『アレクサンドロス大王伝』三の二の一八を書き換え］。彼らは、自分の心や本来の理性を大きく膨張させて、要職という座席の高さにまで引き上げている。けれどもわたしの場合、市長とモンテーニュはつねに二つであって、はっきりと分けられていた。

（第三巻第一〇章「自分の意志を節約することについて」『エセー7』一四一頁）

哲学者アランが言ったように、モンテーニュは、市長に選ばれても〈重要人物〉を気取りはしなかった。だが、職務にともなうあらゆる力は断固として行使した。モンテーニュの言うことを素直に聞くと、その反対だと思ってしまう。実のところ、現実と見かけとを分離せよと忠告する際に、彼は決して偽善を賞讃しているのではない。そうではなくて、あくまでも冷静であること、また、パスカルに先立って、自分自身にだまされないように注意することを求めているのだ。(2)

22　よくできた頭

学校教育についての議論になると、きまってラブレーとモンテーニュがもちだされる。ラブレーは、ガルガンチュアが息子のパンダグリュエルに宛てた手紙(1)によれば、パンダグリュエルが「深遠なる学識の持ち主《アビーム・ド・シアンス》」になることを望んだ。一方モンテーニュは、「いっぱい詰まった頭」よりも「よくできた頭」のほうを好んだ（第一巻第二五章「子供たちの教育について」『エセー1』二五九頁）。両者が、およそ教育というもの全体の二つの対立する目的を体現している。つまり、今日の用語で言えば、「知識」重視の立場と、「知能」重視の立場である。モンテーニュはつとに、『エセー』第一巻の「教師ぶることについて」および「子供たちの教育について」のなかで、学校の詰めこみ教育を批判した。

なにしろ、世間の父親の気の使い方、金の使い方ときたら、子供たちの頭に、とにかく知識を詰めこむことしか考えていないわけで、判断力や徳などは、問題外なのだから。

民衆に向かって、通りがかったある人のことを「ああ、なんと学のある人なのか！」と叫んでみるがいい。それから、別の人のことを「ああ、なんと善良な人なんだ！」と叫ぶがいい。人々の眼差しと尊敬の念は、前者にいくものと相場は決まっているのだ。そんなわけだから、もうひとりの人が「ああ、なんと鈍感な連中だ！」と叫ばなくてはいけなくなる。

われわれはよく、「あの男はギリシア語とかラテン語を知っているのだろうか？　詩や散文を書いたりするのだろうか？」と、考えたりする。それなのに、「それで、あの男はより優れた、思慮深い人間になったのだろうか？」という本質的な問題は、あとまわしになってしまっているのだ。

（第一巻第二四章「教師ぶることについて」『エセー1』二三〇―二三一頁）

モンテーニュは、ときの教育のあり方をまっこうから非難する。ルネサンスは中世の暗黒を終わらせ、古代の文芸を再発見したと言われるが、実のところ、まだまだ知識の量ばかりを重視し、それがどの程度ものになっているかという質の問題は、ほとんど無視されていた。モンテーニュは、学問のための学問を、知恵と正反対のものとみなす。知識それ自体を目的とする百科事典的な教育の愚かさを告発するのである。知識よりも、それを用いて何をするか、つまりは技能や生きる知恵のほうが大事なのだ、と。しかるに人々は、知恵のある者ではなく、知識のある者を賞讃する。モンテーニュは念を押す。

本来ならば、だれが多く知っているかではなく、だれが、もっともよく知っているかを問うべきだったのである。われわれは、ひたすら記憶をいっぱいにしようとだけ努めて、理解力とか良心などはからっぽのままほうっておく。鳥たちは、ときどき穀物を探しに出かけては、それを味わいもせずにくちばしにくわえて戻ってくると、ひなに餌として与えるけれど、これと同じで、われわれの教師連中は、しょっちゅう、書物のなかで知識をあさっては、それを口の先にのせておくだけで、吐き出して、風の吹くままどこかに飛ばしてしまう。

（第一巻第二四章「教師ぶることについて」『エセー1』二三一頁）

のちにも話題にするつもりだが、[2] モンテーニュは記憶というものに不信感をもっている。彼はしょっちゅう自分は記憶力が劣っていると言い訳しているが、実はそれでかまわないと思っている。記憶は、判断力を怠けさせる場合に、有益な道具にはならないからだ。彼は読書、つまり学ぶこと一般を、消化にたとえている。どんな教訓も、食べ物と同じで、唇の端っこだけで味わったり、生のまま飲みこんだりすればよいというものではない。それを心身の滋養となすためには、ゆっくりと嚙み、胃のなかでじっくりと消化しなければならない。さもなければば、慣れない食品と同じように、そのまま吐き出してしまう。モンテーニュにとって教育とは、知識をおのれのものとすることである。子どもは知識を取りこみ、自己の判断へと変化させなければならないのだ。

学校教育のあり方についての議論はいまだに尽きない。が、モンテーニュとラブレーの主張を要約するのに、前者を自由主義、後者を百科事典主義というように、単純に対置するのは正しいとは思えない。そもそも、ガルガンチュアからパンタグリュエルへの手紙が、過剰な詰めこみのプログラムに従うことを命じていたのは、相手が巨人であったからである。また、その手紙の後段には、「良識なき知識は霊魂の廃墟にほかならない」と記されていたのだ。これならモンテーニュも否認しなかっただろう。「良識」、つまりは誠実さ、徳性――これこそが、すべての教育の最終目的である。なぜなら、学んだことをよく消化吸収すれば、ほかのものはほとんどすべて忘れてしまっても、良識だけは残るからだ。

23　偶然の哲学者

モンテーニュは、あまりに教科書的な教育に不信感を抱いていたと、前回お話しした。『エセー』の思想全体をつらぬく、〈自然〉と〈人為〉との対立――前者が善で後者が悪――という一大図式に従えば、教養は、自然のありのままの姿を知る手段ではなく、むしろそれを妨げてしまう可能性が高い。そこでモンテーニュは、自分は読書によって、みずからの自然から遠ざかるどころか、むしろそれを発見したのだと強調している。

わたしの生き方《ムルス》というのは、自然流であって、これを作り上げるのになんの理論《ディシプリヌ》の助けも借りてはいない。ところが、益体《やくたい》もないことかもしれないけれど、この自分のライフスタイルについて語ってみたいと思って、その際、少しぐらいはきちんとした形で披露するためにも、論証や実例で補強しはじめたところ、期せずしてそれらが、とても多くの哲学の実例や論証と一致していることを発見して、自分でもとても驚いてしまった。自分の生き方がいかなる規則にしたがっているのかを、わたし自身は、それを実行したあとで、ようやくにして悟ったような次第。つまりわたしは、新しいタイプ《ヌーヴェル・フィギュール》の人間なのだ――無手勝流の、偶然の哲学者なのである。

（第二巻第一二章「レーモン・スボンの弁護」『エセー4』一九四―一九五頁）

慎ましいようで大胆な、独自の倫理を語る、これは見事な表現である。ここでモンテーニュは、大事なことを二つ明かしている。第一に、いまの自分は自分自身が作り上げたのであって、読書や学んだ知識によって変化も堕落もしなかったということ。自分の生き方、すなわち性格、ふるまい、徳性は、自分独自のものであって、他人の模範に従ってできたものではないということ。第二に、さまざまな実例や叙述（すなわち、できごととそのできごとについての考察）をもとに、自分について書き、描き、語ることに取り組んではじめて、自分の考えを既存の書物のなかに見いだすということである。彼は、自分を書き、描写することを通じて、自分がどんな人間かを理解したのみならず、自分がどんな部隊、どんなグループ、どんな学派にもっとも強い親近感を抱いているのかを知った、と言っているのである。

要するに、モンテーニュは、ストア派、懐疑主義者、エピキュリアン――彼はしばしばこれら哲学の三流派に結びつけられる――になろうとしてなったのではなく、生涯のある時点で、自分のふるまいがもともとこれらの哲学教説によく適合していると悟ったのだ。それはたまたま、予期せずに生じた一致であって、計画や熟慮の結果ではない。

したがって、モンテーニュの思想を、古代哲学のいずれかの学派に関連づけて説明するのは的はずれであろう。モンテーニュは権威を嫌う。彼がある著者を援用するのは、あくまでもたまたまその著者と考えが合ったということを示すためであり、引用句の著者の名を記さないのは、読者がすべての権威的な語りを警戒するようにしむけるためである。そのことは、彼自身が「書物について」という章でうち明けている。

わたしは、借りたものを、数で勘定するのではなく、重さではかるようにしている。数で引き立たせようと思ったなら、この倍ぐらいは借りまくったにちがいない。借りたもののすべては、いやほとんどすべては、昔のとても有名な人々の文章なのだから、わたしがだまっていても、その名前はわかると思う。そこで、それらの人々の説明や、比較や、論証のしかたを、わたしの土地に移植して、わたしのと混ぜるときには、わざと著者の名前を隠しているのだ。[…]読む側が、わたしだと思って、プルタルコスを侮辱すればいいし、わたしだと思って、セネカを罵倒して、やけどでもすればいいのである。

（第二巻第一〇章「書物について」『エセー3』一六四—一六五頁）

モンテーニュが文章の借用先の一部を隠すのは、読者が古代人の威信に盲従するのを避けるため、彼自身が古代人の権威に対抗するためである。だから彼は、「モンテーニュが権威化すること」にも異議を唱えるのである。

24　悲劇的な教訓

アンリ二世が塩税《ガベル》を課したために、ギュイエンヌ地方で人民一揆が発生した。ナヴァール王(1)の代官トリスタン・ド・モナンが、反乱平定のためにボルドーに派遣されたが、一五四八年八月二一日、この男は暴徒によって殺された。モンテーニュは、この忘れがたい事件を目撃する。当時父ピエール・エーケムは市の参事《ジュラ》（副市長）であり、彼は一五歳の少年であった。

わたしは子供のころに、ある大きな都市を治めていた貴族のところに、怒り狂って暴徒と化した人々が殺到するのを見た。彼は、騒乱を、この発端のところで鎮めようとして、自分がいた安全な場所を出て、暴徒のなかに入っていこうと決心した。ところが不幸なことに、そこで惨めに殺されてしまったのだ。

（第一巻第二三章「同じ意図から異なる結果になること」『エセー1』二一七頁）

それは恐ろしい虐殺だった。総督モナンは血まみれで、皮を剝がれ、切り刻まれ、「まるで一切れの牛肉のように塩漬けにされていた」。同時代の記録にはこうある。「人々は、残虐さに嘲りを加えて、モナンの死骸のあちこちに穴を開けると、全身を塩まみれにした。反乱の理由が塩税に対する恨みであることをはっきりと示すためである。」少年には忘れられない衝撃となった。

モンテーニュは、モナンが処刑されたのは、怒れる群衆を前にした彼の優柔不断な態度のせいだと考えている。

人々は、彼のことを回想して、安全な場所を離れたのがあやまちの元だというが、わたしが思うに、そうではなくて、まちがいはむしろ、服従と弱腰の方法をとったことであって、指導するのではなく追随することで、訓戒するのではなく懇願することで、なんとかして怒りを和らげようとしたことにあるのだ。

（第一巻第二三章「同じ意図から異なる結果になること」『エセー1』二一七頁）

モンテーニュは、モナンの不幸はおのれのふるまいに原因があると言う。その後、ボルドーは苛酷な弾圧の対象となった。市の自治権が剝奪され、市参事職が停止され（ピエール・エーケムを含む）、高等法院長ジョフロワ・ド・ラ・シャセーニュ――モンテーニュの未来の妻の祖父である――が罷免された。この事件は永遠に彼の脳裏に深く刻まれ、ひとつの教訓を導き出す。そして、のちに自身がボルドー市長として、敵対する群衆に直面せざるをえなくなったときに、その教訓を思い出す。二期目の終わり近くの一五八五年五月、旧教同盟と市参事たちとの激しい対立のさなかのことである。彼は、暴動が起こる心配があったにもかかわらず、武装した人民の閲兵式を予定どおり行うことにする。

あるとき、武装したさまざまな軍隊を集めて、閲兵式をおこなうことが決まった。ところで閲兵式というのは、ひそかに復讐をはかる場所であり、本意を遂げるのに、これほど確実な機会はないのだ。［…］重大な結果を及ぼしかねない、こうした困難な状況でよくあることだが、さまざまな意見が出された。わたしの意見は、こうした不安を極力見せないようにして、堂々と前を見て、晴れ晴れとした顔つきで式に臨み、閲兵の列に加わることであった。［…］おかげで、疑いをかけられた軍隊もご満悦であって、それ以後、おたがいのあいだには非常に有益な、信頼が生まれることとなった。

（第一巻第二三章「同じ意図から異なる結果になること」『エセー1』二一八―二一九頁）

モナンがあいまいな態度をとったのに対して、モンテーニュは自分の成功の原因を、危機のさなかに示した毅然とした態度、自信あふれる態度、つまり、率直さと相手に対する開放的な姿勢に見ている。まったく自慢するふうではなく、彼は自分がいかにして難しい決断を行ったかを語っている。その際、四十年近く前に遭遇した悲劇的な場面が念頭にあったと、はっきりと記しているわけではない。だが、二つの話題が続けて置かれている以上、そのことは明らかである。『エセー』において、これほどの激しさ、深刻さ、そして単純さをもって体験された瞬間の描写に出会うのは、まれなことである。

25　書物

モンテーニュは、「三つの交際について」の章で、生涯の最良の部分を占めてきた三種類の交わりについて、比較して論じている。「美しく礼儀正しい女たち」との交際、「まれで心地よい友愛」、そして書物とのつきあいである。モンテーニュは書物とのつきあいを、前の二つの交わりよりも有益でためになると判断している。

こうした二つの交際は、偶然的な要素が大きいし、どうしても、相手次第というところがある。それに、いっぽうは悲しくなるほど稀なものだし、他方は年齢とともにしぼんでいく。このような次第であるから、この二つの交わりが、わたしの人生の必要を十分に満たしてくれたとは思えない。ところが、三番目の書物との交際は、はるかに確実で、はるかに自分自身のものとなる交わりといえる。他の長所においては、最初の二つには劣るものの、この交わりは、変わることなく、手軽に奉仕してくれるという取り柄を有している。
（第三巻第三章「三つの交際について」『エセー6』八六頁）

ラ・ボエシの死後、モンテーニュは真の友愛を経験することはなかった。また彼は、「ウェルギリウスの詩句について」の章で、精力の減退について嘆いている。この二種類の交わり〔男同士の友愛と、女性との恋愛〕はいずれも、接する相手が一個の人間である以上、おそらくより熱狂的な興奮、激しい感動を引き起こすだろう。だがそれは同時に、より壊れやすく、先行きが不透明で、長続きしないものでもある。それに対して、書物との交流は、簡単にとだえることがなく、恒常的だという長所がある。

恋愛、友愛、読書を対比して、それらの間に序列のようなものを見いだすような発想に、違和感を抱かれたのではないだろうか。この発想に従えば、孤独を必要条件とする読書が、他者とのいかなる交流よりも上位になる。人との交流は、気晴らしの一形態であって、どうしても自分を自分自身からそらしてしまう。ゆえに、書物は生身の人間よりもよい友であり、よい恋人である、というわけだ。

しかしモンテーニュは、こんな主張に至る以前は、いつも人生を自己と他者との対話であるとみなしていたことを、忘れてはならない[1]。真の交友がめったに存在せず、恋愛はつねにはかないものであることから、人は好んで読書に避難する。だが結局はまた、どうしても他者との交流が恋しくなるのである。

しかしながら、それでもなお、「三つの交際」のなかで、読書が最善であると認めようではないか。

書物との交わりは、わたしの人生行路において、いつでも脇に控えていて、どこにでも付いてきてくれる。老年にあっても、孤独にあっても、わたしを慰めてくれる。なんともやるせない徒然《つれづれ》の日々の重苦しさを取り除いてくれるし、うんざりする仲間からだって、いつでも解放してくれる。わが全身を支配する極度の苦痛は別として、たいていの苦痛ならば、ずきずきする痛みを弱めてくれる。わずらわしい思いを遠ざけるには、とにかく書物に助けを求めればいい。たちまち書物のほうに注意を向けてくれて、わずらわしい思いを追い払ってくれる。それに、もっと現実的で、もっと生き生きした、自然な充足感が得られないときに、わたしは書物を探し求めるのだとわかっても、書物はいきり立つことなく、いつだってわたしを同じ表情で受け入れてくれる。

（第三巻第三章「三つの交際について」『エセー6』八六―八七頁）

書物はどんなときにも力になってくれる友である。老い、孤独、無為、憂鬱、苦しみ、不安——人生につきもののこうした不幸のなかで、あまりに激しいものである場合を除いて、書物が薬を与えてくれないものはない。本は苦悩を和らげ、支援と救済の手をさしのべてくれる。もっとも、書物を礼讃するこのような描写のなかに、わずかな皮肉が見え隠れしている。生身の女や男とちがって、本は無視されても、決して文句を言わないし、反抗もしない。本はつねに好意的で、落ち着きをそなえた存在である。これに対して、親友でも恋人でも、感情を急に変化させてしまうものだ。——こんな皮肉である。

近代のとば口にあって、モンテーニュは、書物を礼讃することによって、印刷文化の到来をいち早く予告する者のひとりとなった。おそらく印刷文化を脱しつつある現代において、次のことを思い出すのも悪くないだろう。西洋では何世紀にもわたって、書物を介して男女が互いに知り合い、出会いを重ねたのだということを。

26 石

モンテーニュの生殖に関する考えは、アリストテレス、ヒポクラテス〔前四六〇頃―前三七五頃。古代ギリシアの医師。観察と経験を重視し、科学的医学の基礎を築く。医学の父と称される〕、ガレノス〔一二九頃―一九九頃。ギリシアの医学者。動物の生体解剖によって実験生理学の端緒をなす。近世初期まで多大な影響を与えた〕の思想に依存していた当時の医学から影響を受けている。この三人は、精子の繁殖力を最大限に重視していた。そこでモンテーニュは、『エセー』第二巻最終章「子供が父親と似ることについて」のなかで、家族間の性格の遺伝という神秘的な現象に強い関心を寄せている。

われわれが生み出される、あのひとしずくの精液のうちに、われわれの父祖の身体的形状にとどまらず、彼らの考え方や性癖までも刻みこまれているというのは、なんと不思議なことであろう。この一滴のどこに、無数の形状が宿されているというのか？　そして、そうした精液は、いったいどうして、曾孫が曾祖父に、甥っ子が叔父さんに似るといった、きわめて無謀にして不規則な歩みを宿しているのか？
（第二巻第三七章「子供が父親と似ることについて」『エセー5』三二五頁）

奇形とは、信じられない事物、奇跡的で驚異的な存在のことである。ルネサンスの人々、とりわけアンブロワーズ・パレやラブレーなどの医師は、奇形に大いに関心をもち、自然界にその原因を探求した。彼ら医師と同様、モンテーニュは、生殖においては男性よりも女性の果たす役割はずっと小さいと考えている。別の章で彼は言う。

女たちはひとりでも、なにやら形の定まらないかたまりとか切れはしを生み出すものの、本来の、よき子孫を作るには、別の種《たね》〔精子のこと〕によって働かせないといけないことも見てのとおりだ。
（第一巻第八章「暇であることについて」『エセー1』六一頁）

この「種」から、身体的な類似のみならず、性格、体質、気質までもが現れる。そしてそれらすべてが、ひとつの家系全体を通じて、世代から世代へと継承されていく。

モンテーニュが生殖の謎にこれほど熱中するのは、個人的な理由による。自分の持病が父からの遺伝であると考えているのだ。持病とは、結石、すなわち腎臓にできる小さな石のことである。それが排出されるたびに、激しい痛みを引き起こす。この石《ピエール》を彼は、父ピエール・エーケムから受け継いだ。まさに予言を秘めた名ではないか。

どうやらわたしの場合は、結石という体質を父親から受け継いでいるらしいのだ。というのも、父は膀胱にたまった大きな結石のせいで、ものすごく苦しんで死んだのだ。父は六七歳になって、初めてこの病気に気づいたのだった。それ以前は、腰にも、脇腹にも、どこにも、なんの前兆も不快感も感じたことなどなく、きわめて健康に、ほとんど病気らしい病気もせずに生きてきたのである。[…] わたしが生まれたのは、父がこの病気になる二五年以上前、彼がまだ元気はつらつとしていた頃であって、順番としては三番目の子供になる。それにしても、これほど長期間、この病根はどこに潜伏していたのだろうか？　この病気からはるか遠くに離れていたときなのに、そんな父の実質の微少な断片が——それから、このわたしが形成されたわけだけれど——、いったいなぜ、これほど大きな刻印を宿していたのだろうか？　さらには、これがその後四五年も経って、わたしのなかで発病したわけだが、これほど長期間どうやって隠れていたというのだ？　しかも、同じ母親から生まれた多くの兄弟姉妹のうちで、現在までのところ、わたしだけがこの病気になったのである。このプロセスについて解明してくれる人がいれば、わたしは、ほかのいかなる奇跡に関しても、彼の説明を信じようではないか。ただし、よくあるように、ことがら自体よりも、段違いに難解で、途方もない理論で説明されるのは、ごめんこうむりたいが。

（第二巻第三七章「子供が父親と似ることについて」『エセー5』三二五―三二六頁）

モンテーニュは、父から受け継いだこの病気が、かくも長い間自分の体内で眠ったあと、腎臓のなかで目覚めたこと、兄弟姉妹のなかで自分だけに発現したことに、驚いている。だが、彼は医者というものを心底疑っているので、この現象に対して彼らの提示する荒唐無稽な説明になど、はなから耳を傾けようとしない。自分に真っ先に関係するこの――結石という――不可思議を前にしてさえ、モンテーニュは疑うことを忘れず、もっぱら観察と問題提起に努めるのである。

27　賭け

モンテーニュの宗教観は、いまも謎でありつづけている。彼が本当に信じていたことを見抜ける人は、相当に利口な人だろう。彼はまじめなカトリック教徒だったのだろうか、それとも仮面をかぶった無神論者だったのだろうか。モンテーニュはキリスト者として死に、同時代人は彼の信仰表明——それはたとえば、一五八〇年のローマ旅行の際に行われた——を信じた。だが、一七世紀初頭には、彼はリベルタン〔信仰あるいは実践において、キリスト教の教えに従おうとしない人を意味する〕の先駆者とみなされるようになる。リベルタンとは、のちの啓蒙思想を予告する自由思想家のことだ。

それというのも、モンテーニュは、「レーモン・スボンの弁護」において、信仰と理性とをきっぱりと区別しているからである。『エセー』第二巻に位置し、神学的な内容を含む、長大で複雑きわまりない章だ。彼は冒頭から、「われわれの宗教の崇高なる神秘を、生き生きと確実に把握できるのは、信仰心をおいてはないのである」（第二巻第一二章「レーモン・スボンの弁護」『エセー4』一三頁）と宣言し、無力で、虐げられ、動物の地位にまで堕落した人間の理性には、神の存在も宗教の説く真理も、証明することなどできないと主張する。

こうした彼の態度は、「信仰至上主義《フィデイスム》」と呼ばれる。信仰を恩寵、つまりは神からの無償のたまものとみなし、理性とは一切関係がないとみなす立場のことだ。この立場の利点は、理性に自由な活動の領域が与えられ、信仰以外のことがらについては存分な検証が可能になるということにある。モンテーニュは実際に、きわめて大胆にそれを実行している。すると、「理性の検証の対象とならない」宗教の領分としては、いかなる反論にも抗して最終的に維持される信仰だけしか残らない。それは、人間の条件とはほとんど何の関係もない信仰である。「レーモン・スボンの弁護」において、モンテーニュはすべてを懐疑の対象とするが、あたかも何ごともなかったように、最後に自身の信仰を宣言する。

いわゆる「キリスト教的懐疑主義」であるが、これは、信仰に至るための懐疑のことであり、パスカルの「賭け」(1)の先駆とも言える。ただ、モンテーニュは、その過程で、相対主義的な見方によって、あらゆる宗教に同等の価値しか認められなくなり、宗教を単に伝統の産物とみなしている。だとすれば、そんな信仰に何の意味があるのだろうか。われわれはみな、自国の習慣に従い、自国の法を守るのと同じように、自国の宗教を信仰しているが、そのいずれにも必然性はない。

以上すべては、われわれが、われわれの宗教を、自分たちの流儀により自分たちの手で受け取っているにすぎず、他の宗教の受容のしかたと少しも変わらないことの明白なる証拠といえる。われわれは、その宗教が通用している国に、たまたま居合わせて、その歴史の古さやそれを守ってきた人々の権威を尊重しているにすぎないし、不信心者への脅迫を恐れたり、あるいは、その宗教が掲げる約束に従っているにすぎない。このような考慮は、われわれの信仰にもなされてしかるべきではあるものの、それは付帯的でなくてはいけない。それらは人間の関係ということにすぎないのだ。別の地域に生まれ、別の証拠を示されて、似たような約束と脅迫とを突きつけられたなら、同様の筋道をたどって、正反対の信仰を心に刻みこむかもしれない。われわれがキリスト教徒であるのは、われわれがペリゴール人〔南仏ペリゴール地方は、モンテーニュの故郷〕とかドイツ人であるのと同じなのである。

（第二巻第一二章「レーモン・スボンの弁護」『エセー4』二一頁）

この宣言を文字通りに取れば、単にお騒がせではすまない。宗教への冒瀆だとすら言える。宗教が継承されていくのは、習慣の権威や、信者への恩恵や不信者への脅迫に結びついた迷信のおかげである、というのだから。たしかにモンテーニュは、信仰——信仰至上主義者《フィディスト》が言う

「恩寵」としての信仰である——に対しては、人間に対するものとは異なった、もっと超越的な敬意が不可欠だということを示唆してはいる。だが、そのような見解から、右の発言への落差はきわめて大きい。われわれが、ペリゴール人やドイツ人であるのと同じ程度にしかキリスト教徒でないのだとすれば、カトリック教会の説く真理や普遍性から、一体何が残るのか。同じ「レーモン・スボンの弁護」には、こんな一文も見える。

山が境界をなして、山の向こう側では虚偽となるような真理とは、いかなるものだというのか？
（第二巻第一二章「レーモン・スボンの弁護」『エセー4』二五二頁）

そしてまた、カトリックとプロテスタントを区別することに、どんな意味があるというのか。モンテーニュは、「実体変化」——すなわちパンとぶどう酒におけるキリストの身体の現存——の問題について、自分の考えを明かすような危険を決して冒さない[2]。

ところで、以前に予告したことをいま述べよう。わたしは、なぜだかわからないが、これ〔微細な問題に関する宗教論争〕こそが、モンテーニュが一五六二年にルーアンで面会したインディオたちの第三の疑問点だったのではないかと、つねづね考えてきたのである[3]。

28　羞恥と芸術

モンテーニュは、みずからの性について、今日の読者をも狼狽させるほど赤裸々に語っている。『エセー』第三巻の「ウェルギリウスの詩句について」という章において、若かりしころの旺盛な精力を懐かしむのである。ただし彼は、言い訳の必要を感じてはいる。つまり彼は、知らずにタブーを犯しているわけではないのだ。

われわれはどうして、人間にとっては大変に必要かつ自然にして、正しきものである生殖行為を、恥じることなく堂々と口にすることはせずに、真面目で、きちんとした話から除外するのだろうか？　殺す、盗む、裏切るといったことばは、臆面もなく口にするくせに、このことだけは、ぼそぼそむにゃむにゃとしかいわないではないか。これはつまり、あまり口に出して発しないことは、それだけ、頭のなかでそれへの思いを肥大させてよろしいということなのだろうか？

> もっとも使われず、もっとも書かれず、もっとも口にされないことばが、実際はもっともよく知られ、広く一般的に理解されているとは愉快である。年齢がどうであれ、人となりがどうであれ、パンと同じく、このことを知らない者などいない。このことばは、各人のなかに、表現されることなく、声も形もなく刻みこまれているのだ。そして、この行為にもっとも励む性〔女性のこと〕が、それについては口つぐむ責務を負っている。これは、われわれが沈黙という聖域にかくまったところの行為であるから、それを強引に引き出すのは罪悪ともなる。それを告発し、裁くためでも罪となるのだ。そして、あえて非難するとしても、遠回しで、婉曲なものでしかない。
>
> （第三巻第五章「ウェルギリウスの詩句について」『エセー6』一二八―一二九頁）

モンテーニュは、なぜわれわれは性について語るのを憚《はばか》るのかという問いを、長々と論じている。強盗、殺人、反逆などの罪をはじめとして、もっと不自然で、もっとおぞましい他の多くの行為については、何のためらいもなく話し合うのに、と。これは、人間の主要な感情である羞恥についての、重要な考察をなしている。われわれはなぜ、毎日営んでいることについて語るのを躊躇するのか。性のことがらに関する恥じらいをどう説明すればよいのだろうか。

モンテーニュには自分なりの考えがある。それは、みながあることについて考えれば考えるほど、それは話題に上りにくくなる、ということだ。言いかえれば、語られないことがらは、それだけ強く意識されているということになる。ある語を口にしない場合、われわれはそれについて完全に知っているのだし、その語が秘密であるということは、かえってそれを尊重している証拠なのである。

つまるところ、性にまつわる神秘が、性の値打ちを高めている。モンテーニュは、とりわけ女性を念頭に置いている。ルネサンスにおいて根強かった女性蔑視の偏見に基づいて、彼は女性を、「この行為にもっとも励む性」であり、「もっとも口をつぐむ性」であるとするのだ。女性への偏見については、ラブレーが多数の例を提供している。たとえば、プラトンや医師たちにならって、女性器を本体とは別の貪欲な動物であるとみなすのである[1]。

ただしモンテーニュは、性にまつわる禁忌がもたらす多大な恩恵を認めている。それは、性について大っぴらに語ることができないために、それを別の言い方で、「遠回しに、婉曲に」、つまり詩や絵画によって、表現する方法を見つけなければならない、ということだ。モンテーニュは芸術を、恥、あるいは羞恥によって説明している。つまり、芸術を、性について婉曲に、秘かに、間接的に語る仕方の探求であると考えているのである。

女性蔑視については、幸いにも、彼は章の結末部分で撤回し、男女の平等を強く主張する。

男も女も、しょせんは同じ鋳型から作られている。教育とか、習慣といったものを除けば、たいした違いなどないといいたい。プラトンは『国家』において、勉強、実習、戦時や平時の責務や仕事など、あらゆることに男女を問うことなく参画させている。また哲学者のアンティステネスは、女性の美徳と男性の美徳の区別を完全になくしている。

一方の性を非難するのは、他方の性を弁護するよりもはるかに簡単である。下世話にも、「火かき棒がシャベルをばかにする」というとおりなのである。

（第三巻第五章「ウェルギリウスの詩句について」『エセー6』二一九頁）

モンテーニュは、女性の性をちゃかしながら、自分がいかにも凡庸な言い回しを用いていることを、もちろん意識している。「火かき棒」と「シャベル」とは、あまりにもあからさまな性の象徴であるが、そのいずれもが、同じ程度にくだらないものとして――そして恥ずかしいものとして――切り捨てられている。

29　医者たち

前にも言ったが、モンテーニュは医者というものを嫌っていた。医者は、彼がもっとも激しく攻撃する職業でさえある。医者たちを、とりわけ自分の結石、腎臓の小石をどうすることもできない非力な者、ぺてん師だとみなしていたのだ。彼は『エセー』のあちこちで、医者どもへの不満をぶちまけている。次は、第二巻最終章「子供が父親と似ることについて」の一節である。

わたしの場合知っているかぎりでは、医学の管轄のもとにある人々ほど、病気になるのが早くて、治るのが遅い人種はいないのだ。食事療法という拘束のせいで、彼らの健康そのものがむしばまれ、そこなわれている。医者たちときたら、病気を支配するだけでは満足せず、健康をも病気にしてしまって、われわれが一年中、彼らの権威から逃れられないようにしようとする。とにかく彼らは、こちらがいつも完全に健康であっても、将来の大病の論拠を引っぱり出してこようとするではないか。

（第二巻第三七章「子供が父親と似ることについて」『エセー5』三三〇頁）

モンテーニュはおそらく誇張している。彼によれば、医者の処方に従う男女は、従わない者よりももっとひどい病気になる。医者は服薬や食事療法を命じることで、病状を改善するどころか悪化させる。医者は病気そのものの苦痛に、治療の苦痛を付加する。医者は人々を病気にすることで、自分の支配下に置く。医者は健康は病気の前触れであるとの詭弁を弄する――というのである。要するに、健康を維持するためには、医者になどかからないほうがよい、というわけだ。

モンテーニュの時代、医学は野蛮でいい加減なものだった。ゆえに彼が、それに不信感を抱き、避けようとするのももっともなことだった。ただひとつ彼も有効と認める医療技術が、外科手術であった。悪い場所がどこかをはっきりと突き止め、推測や当てずっぽうを避けようとしていたからである。彼は同じ章で、「[外科学は]自分の目で見て、手で扱いながら、医療をおこなう」（第二巻第三七章「子供が父親と似ることについて」『エセー5』三四三頁）と言っている。

だが、その結果はきわめて不確定であった。

それに、モンテーニュは、医学と魔術とをはっきり区別していなかった。結局のところ、彼は治療に際して、自分しか信用しなかったのだ。それはとりもなおさず、自然に従うということであった。

わたしはしばしば病気をした。ほとんどの病気を経験したのだけれど、医師の助けなしでも、そうでない人と変わることなく、病気に耐えられるし、同じぐらいの期間で治癒することがわかった。彼らが処方した苦い薬を、全然使わないで済ませたのだ。わが習慣と快楽以外の、いかなる規則や教えによることなく、わたしの健康は、まったく自由なものとしてある。わたしにとっては、どの場所で止まってもかまわないのだ。というのも、仮に病気になっても、健康のときに必要な満足・便宜《コモディテ》しかいらないからだ。医者がいなくても、薬剤師がいなくても、治療行為がなくても、わたしは少しも悩みはしない。ところがほとんどの人は、病気そのものよりも、むしろ、こうしたことに苦しんでいるようだ。これは、どういうことなのだろう？　医学の明らかな効果のほどを実証するぐらい、医者たち自身が、幸福に長生きしているとでもいうのだろうか？

（第二巻第三七章「子供が父親と似ることについて」『エセー5』三三〇―三三一頁）

自然という名のもとに、モンテーニュは病気と健康との境目を消し去っている。病気は自然の一部なのであって、それぞれに寿命もあるし、盛衰もある。それゆえ、抗《あらが》おうとするよりも、なるにまかせておくほうがよほど賢明なのである。医学の拒否は、自然への随順の一環である。そういうわけでモンテーニュは、病気になっても、みずからの習慣を可能なかぎり変えずにおくのである。

さらに、パルティアの矢が放たれる〔相手が退却する際に追い打ちをかけるさまを表す〕。医者たちも、われわれよりも健康で長生きするわけではない。彼らも同じ病を患い、同じだけ快復に苦労しているではないか、と。

だが今回は、モンテーニュの助言に安易に従わないほうがよさそうだ。現代の医師たちは、ルネサンス時代の未熟な医師たちとは似て非なるものである。信頼してもよいだろう。

30　目的と終わり

『エセー』執筆の過程で、はたしてモンテーニュの思想は進展したのか、それともつねに無秩序で、統一性を欠き、揺れ動いていただけなのか。この点について、いまも議論が尽きない。いずれにせよ、彼の関心を強く引きとめ、執筆の初めの時期と終わりの時期とでは彼の意見が異なっている主題がひとつある。それは「死」である。第一巻の重要な章の題名「哲学することとは、死に方を学ぶこと」は、キケロの句からの借用であり、中身はもっとも厳格なストア主義の影響を受けていると思われる。

われわれの進む道の行き先は、死である。それこそ、われわれがめざすところの、必然的な目標だ。死におびえるというのなら、一歩前に進むにも、戦慄をおぼえずにはいられないではないか。民衆の対処法、それはそんなことを考えないことである。でも、どれほどの愚鈍さがあれば、そうした単純な盲目状態になれるというのか？〔…〕死からその異常さを取り除いてしまって、死とつきあって、慣れ親しみ、もっぱら死のことを思い浮かべるようにしてみたらどうだろうか。

（第一巻第一九章「哲学することとは、死に方を学ぶこと」『エセー1』一二五—一三〇頁）

賢者は情動を、ゆえに死の恐怖をも統御しなければならない。不可避なものである以上、死を「飼い慣らし」、死と親しみ、死をいつでも念頭に置いておかねばならない。そうすれば、この容赦のない敵に対して抱く恐れを克服することができるだろう、という。

ところがモンテーニュは、『エセー』の終末部では、農夫たちがペストや戦争を前にしても運命を静かに受け入れているさまを見て、次のことを悟っているようだ。すなわち、意志の鍛錬は死の準備には役立たないこと、粗野な人々の知的無関心こそが、自死に追いやられたソクラテスの知恵に匹敵するほど気高い真の知恵をなす要素にほかならないこと、である。

われわれは死ぬことを心配するせいで、生きることを乱しているし、生きることを心配するせいで、死ぬことを乱している。生はわれわれを苦しませ、死はわれわれをおびえさせるのだ。われわれは、死に対して心構えをしているのではない。死とは、あまりに瞬間的なものであって、たった一五分の断末魔の苦しみなどは、その後になんのダメージも残りようのないものであるから、それに備えて特別な教訓などはいらない。つまり、はっきりいえば、われわれは死の準備に対して備えているのである。[…]けれども、わたしが思うに、死はたしかに生の終わりではあるが、目的ではないのだ。それは生に究極の終止符を打つとはいえ、目標とはいえない。生きること自体が生の目標であり、そのめざすところでなくてはいけない。

（第三巻第一二章「容貌について」『エセー7』二一七―二一八頁）

モンテーニュは言葉遊びを好む。死は生の終わり《ブー》（bout）であって、目的《ビュ》（but）ではない、という。生の目標は生でなければならず、死はほうっておいても勝手にやってくる。

ところで、彼は年を経て進歩したのだろうか。そうと断言はできない。「哲学することとは、死に方を学ぶこと」において、彼はきわめて洗練された対句法を駆使して、さまざまな助言をちりばめていた。そうした美辞麗句が意味する内容に、はたして彼自身が真に納得しているのかどうかは、疑わしく思えてくるのである。

どこで死が待ちかまえているのか、定かでないのだから、こちらが、いたるところで待ち受けよう。死についてあらかじめ考えることは、自由について考えることにほかならない。

死に方を学んだ人間は、奴隷の心を忘れることができた人間なのだ。いのちを失うことが不幸ではないのだと、しっかり理解した者にとっては、生きることに、なんの不幸もない。死を学ぶことで、われわれは、あらゆる隷属や束縛から解放されるのである。

（第一巻第一九章「哲学することとは、死に方を学ぶこと」『エセー1』一三一頁）

まるで、彼の［理知を司る］精神が［勝手気ままな］想像力を説得しようとしながらも、精神自身が自分の言うことを信じられないでいるようである。それで、精神があたかも同じ説教を何度もくり返しているようだ。死との勝ち目のない戦いを、茶化しているようですらある。

もしも死が、避けられるような敵だというなら、臆病さから武器でも借りてくることをお勧めしたいところだ。

（第一巻第一九章「哲学することとは、死に方を学ぶこと」『エセー1』一三〇頁）

「臆病さから武器を借りてくる」とは、「逃げる」という意味である。

死を前にした態度という主題に関してさえも、『エセー』執筆の過程で、モンテーニュが進歩をとげたとは、必ずしも言えない。考えを決定できずにいるのである。いかに生きるのが最善なのか。キケロやストア派の哲学者たちのように、つねに死を念頭に置いておくことだろうか。それとも、ソクラテスや農夫たちのように、死をできるだけ考えずにおくことだろうか。生は憂鬱なのか、はたまた喜びなのか。どちらかわからずに、モンテーニュは——われわれと同じように——ぐずぐずしているのである。彼の最終的な教えは、最初から告げられていた。

わたしは、キャベツなんかを植えているときに［…］、死が迎えにきてくれればいいと思っている。

（第一巻第一九章「哲学することとは、死に方を学ぶこと」『エセー1』一三五頁）

31　わたし自身の一部

モンテーニュの死後に刊行された『エセー』一五九五年版の、「うぬぼれについて」の章において、彼は自己を描写し、ついで同時代の著名人数名の批評を行ったあと、末尾に義理の娘であるマリー・ド・グルネー〔一五六六―一六四五〕への熱烈な讃辞を置いている。この讃辞が、『エセー』のこれ以前の諸版には含まれておらず、本版がグルネー嬢自身によって編集されたものであったために、世辞に満ちたこの数行が、本当にモンテーニュが書いたものかどうか疑問視されてきた。

わたしは、わたしと義理の娘のちぎりを結んだマリー・ド・グルネー・ル・ジャールに抱いている希望の念を、あちこちで喜んで明らかにしてきた。もちろん彼女は、わたしから父親以上に愛され、わが隠遁と孤独な生活のなかに、わたし自身の存在の最良の部分のひとつとして包みこまれている。わたしはこの世では、彼女のことしか注視していない。青春時代が予兆となりうるというならば、彼女の精神の場合、いつの日かりっぱなことをなしとげることができよう。とりわけ、書物で読むかぎりでは、女性たちがいまだにその域に達したことのない、あの聖なる友情を完璧さにまで高められるのではなかろうか。

（第二巻第一七章「うぬぼれについて」『エセー5』一一八―一一九頁）

数世紀にわたって、『エセー』といえばグルネー嬢の版であったし、たとえばパスカルやルソーが『エセー』に感銘を受けたのもこの版を通じてであった。この版には、もともと彼女の署名入りの重要な序文が付されていた。二〇世紀には、「ボルドー本」が、モンテーニュの意図をより忠実に反映したものとして、脚光を浴びるようになった。「ボルドー本」とは、一五八八年刊の『エセー』四つ折り版の巨大な刊本［のモンテーニュが所有していた一冊］であり、各ページの余白は、モンテーニュの書き込み（彼はこれを「付け足し《アロンジャイユ》」と呼んでいる）でぎっしりと埋めつくされている。

一五九五年版とボルドー本との差異は多数にのぼる。グルネー嬢についての一節もそのひとつであり、ボルドー本には欠けている。ところが最近になって、この一五九五年版が再評価されるようになってきた。(1) この版が、また別のより優れたテクストに基づいて作られた可能性が出てきたからである。この場合、モンテーニュが義理の娘の美しい肖像を描いたことを疑う理由はなくなる。

彼女の誠実にして堅実な生き方は、すでに十分なものであるし、わたしへの愛情もあり余るほどで、要するに、これ以上なにも望むことはない。ただひとつ、彼女がわたしに会ったのが、わたしが五五歳のときであったことから、わたしの最後の日が近いことをずいぶん心配しているけれど、このことにひどく苦しむことのないよう願うだけである。この時代に、女性でありながら、あれほどの若さで、しかも地方で独力によって、わたしの最初の『エセー』に示した判断力のすばらしさ、また、『エセー』を読んだことで、会う以前からわたしに敬意を抱き、ひたすらこのことを支えにして、周囲の人もよく知るほどの熱烈さでわたしの著作を愛し、わたしとの出会いを長期間にわたって熱望していたということは、この上なく敬意にあたいすることがらといえよう。

（第二巻第一七章「うぬぼれについて」『エセー5』一一九頁）

熟年の男性と、三十歳以上も年下の若い女性との交流は、意外なものと思われてきた。一五六三年のラ・ボエシの死以来、モンテーニュは友人——古代の理想に適う友人という意味だが——をもつことはなかった。にもかかわらず、彼はグルネー嬢を、同時代のパンテオンに祀《まつ》るにふさわしいとまで考えたのである。ギリシア語、ラテン語と古典古代の文化に夢中でありながら、「学者気どりの滑稽女《プレシューズ・リディキュール》」（彼女はしばしばからかい半分でそう呼ばれてきた）とはほど遠かった。その彼女が、一八歳のときにひとりで『エセー』の第一・二巻を読み、その魅力のとりこになったのである。モンテーニュに会ったのは、一五八八年、パリにて一度きりである。その後、彼が死ぬまで文通が続いた。そうして、モンテーニュ夫人から、『エセー』の新版編集を依頼されたのだ。

モンテーニュには六人の子がいて、そのうちレオノールという娘以外は早世していた。その彼が、義理の娘であるグルネー嬢のことを、「わたしから父親以上に愛され」ていて、「わたし自身の存在の最良の部分のひとつ」であり、さらには「この世では、彼女のことしか注視していない」とまでうち明ける。一方、彼女からモンテーニュへの愛情は「あり余るほど」であったという。その気になれば、この二人の結びつきによって、モンテーニュが当時一般的であった女性蔑視とは一線を画していたことを証明できることだろう。なぜなら、彼は晩年、ひとりの若い女性に対して、古代の理想にも適う特別な友愛を抱いていたのだから。

32 狩猟と獲物

率直で、誠実で、正直で、嘘偽りを何よりも嫌うモンテーニュが、矛盾するようだが、「ウェルギリウスの詩句について」の章では、色恋に関して、秘めごとの美点を再認識している。このときに彼が悟ったのは、ひと言でいえば、ポルノグラフィーとエロティシズムの違いである。前者がすべてをさらけ出すのに対して、後者は、より効果的にほのめかし、欲望をかき立てるために、幕をかぶせるのである。

スペイン人やイタリア人たちの恋愛は、もっと丁重で、おどおどしたもので、本心を隠した、とりすましたものであるから、わたしは気に入っている。だれであったか、その昔の人が、自分が食べたものをもっと長く味わえるように、のどがツルの首みたいにひょろ長ければいいのにと望んでいた。この願望は、あのすばやく、あわただしい快楽に、とりわけ、このわたしのように、生まれつき、拙速にすぎる欠点がある人間にはぴったりだ。逃げようとする快楽にストップをかけて、これを序奏の部分で引き延ばすために、彼らのあいだでは、目くばせ、うなずいてみせること、愛のことばやしぐさなど、すべてが好意とその返礼の役目を果たしている。焼き肉の匂いをおかずにして食事ができる人ならば、大変に倹約できるのではないだろうか。（第三巻第五章「ウェルギリウスの詩句について」『エセー6』一八九頁）

モンテーニュはこのように、恋愛の進展の遅さ、誘惑、相手をまめに口説く姿勢など、南国人の特徴とされる資質を讃美する。彼は、自分でも認めるように、「拙速にすぎる欠点がある」、つまり、快楽を引き延ばすすべを知らないのだが、その彼でさえ、世の中には、あまりにも直接的であからさまなやり方では、十分な効果をもたらさない行為があることは理解している。性愛の楽しみは、そこにまで至る過程の長さにかかっているのだということを。

また、恋愛の楽しみと食卓の楽しみとの比較によって思い出されるのは、姦淫と貪食はかつて――いまでもそうだが――七つの大罪のうちの二つであったということだ。しかも双方とも、目的に至る過程を引き延ばす策によって、ますます大きな罪となる。

実のところ、モンテーニュは、自分でも予期せぬかたちで、偽りやごまかしの価値を認めている自分に驚いているようだ。いつもは厳しく非難しているというのに。

そのためにも、ご婦人方には、自分を引き立たせ、自分を買いかぶって、われわれの気を引いて、たぶらかすことを教えようではないか。ところが、われわれフランス人は、最後の最後の突撃を、最初からしてしまう。そこには決まって、フランス人ならではのせっかちなところが見られる。

（第三巻第五章「ウェルギリウスの詩句について」『エセー6』一八九頁）

ことこの性愛という分野に関しては、相手を誘惑したり、恋のまねごとをしたりといった準備段階で相手をじらすのは、つまり、相手の願いに応えてやるまでの時間をかせぎ、引き延ばすのは、女性の役割であるという。

ところで、モンテーニュは、右の例から、人生におけるふるまいに関するもっと一般的な教訓を引き出してくる。［直情的でせっかちな］彼のふだんの心がけをねじ曲げる教訓である。

つまり、享楽のうちにしか、享楽を見出せない人、高得点でないと、勝った気がしない人、狩猟の楽しみが、獲物を取ることにしかない人、こういった人たちには、われわれの学校に入学していただく権利はない。階段の数が多ければ多いほど、高さも上がるのだし、その頂点には名誉が待っている。壮麗なる宮殿に入っていくときと同じで、さまざまな柱廊や通路を、そして長くて、心地よい数々の部屋を通って、あちこちをくねくねと曲がりながら、そこに導かれていくことを、好むようでないといけないと思う。[…]期待と欲望がなければ、ろくなことになりはしない。

（第三巻第五章「ウェルギリウスの詩句について」『エセー6』一八九―一九〇頁）

狩猟の楽しみは獲物ではなく、狩猟そのもの、およびそれにまつわるすべて、すなわち散策や風景、田園、訓練などにあるという。獲物にしか関心のない猟師は、いわゆる狩猟狂《ヴィアンダール》でしかない。モンテーニュはさらに、読書や勉強といった、もっと精神的なさまざまな活動についても同じことを言いたいようだ。読書や勉強も、いわば精神が行う狩猟だが、その結果まったく収穫がなかったと思われることがある。それでもその過程で多くの楽しみを経験しているはずなのだ。モンテーニュが言うように、「われわれの学校」とは、無為の学校である。無為とは、自由と教養を愛する人の閑暇《オティウム》、書物の狩人の閑暇である。そんな人は、とくにはっきりした目的をもたない活動に、しっかりと時間をかけるのである。

33　無頓着であること

『エセー』において、モンテーニュはきわめて自由に筆を運んでいる。学校で学ぶ文章作法の規則など一蹴し、のびやかで軽やかな文体を好む。そのような文体について彼は、「子供たちの教育について」の章でこう分析している。

わたしの場合は、議論の筋道を曲げてまで、名句名言を追求するよりも、むしろ、それをねじ曲げてでも、自分の文章に縫いつけるほうが好みに合っています。逆に、ことばのほうこそ、奉仕し、追随すべきものなのであって、もしもフランス語で事足りなければ、ガスコーニュ方言で間に合わせればいいのです。わたしは、ことがらが優位を占めて、それを聞く者の想像力を満たすようになって、その結果、ことばは全然覚えていないというのが望みなのです。わたしが好きな語り口というのは、単純で素朴なもので、紙に書いても、口に出しても同じものです。味わい深くて、噛みごたえがあり、簡潔で、ひきしまった語り口であって、繊細で、凝ったものというよりは、激しく、ぶっきらぼうな話し方を好みます。［…］それは、冗漫ではなくて、気むずかしく、気取りとはほど遠く、規則にとらわれない、脈絡がなくて、大胆な語り口なのです。各断片が、しっかりと体をなして、学者風でも、修道士風でも、弁護士風でもなくて、むしろ、スエトニウスがユリウス・カエサルの文章について述べたように、兵士風の語り方なのです。

（第一巻第二五章「子供たちの教育について」『エセー1』二九八頁）

モンテーニュは論理も装飾も好まない。まっすぐに目的に向かうのをよしとし、文体の効果などすべてむだなものと切り捨てる。ことがらを偽るために言葉を使ったり、観念を隠すために文彩を用いるのを拒否する。彼にとって言葉は衣服であって、衣服が身体をゆがめてはならない。身体に合わせてつくり、それがどんな形なのかを示さなければならない。肌にぴったりと貼りつくレオタードのように、身体のありのままの形を際立たせるのである。

これは同時に、技巧や化粧を排除することにもつながる。モンテーニュは、ラテン語の代わりにフランス語を用いただけではなく、自分の表現したいことがフランス語では足りないと思えば、方言を使うことも辞さない。できるだけ話し言葉に近い書き方、「紙に書いても、口に出しても同じ」書き方を評価するのである。

彼が理想とする語り方を描くさまは具体的で、味わいがあって、感覚的である。感覚を表す形容詞を多く連ねて、自分が憧れる文体について説明している。その文体とは、「短さ」に関わるあらゆる特徴を示す文体である。すなわち、スパルタ人の好む厳格な「簡潔さ《ブレウィタス》」であって、ごてごてとした冗漫さ、アテナイ人の尊ぶ「豊饒さ《ウベルタス》」とは対極にある。もっとも、その「簡潔さ」も、一歩まちがえば少し難解になり、クレタ人の謎めいた文体に近づく危険もある。モンテーニュは、弁論術に則った雄弁の主要な舞台である学校、教会、法廷での語り口――「学者風、修道士風、弁護士風」のそれ――に、ユリウス・カエサルの「兵士風」の語り方を対置する。それは、断片的で、引き締まった文体、短くぶっきらぼうな文からなり、複雑な構文を排した文体なのである。

モンテーニュはさらに、もっと近い時代の模範も念頭に置いている。それは、バルダッサーレ・カスティリオーネの『宮廷人』（一五二八年刊）という、当時よく読まれた本に見つかる。イタリア語でいうところの、sprezzatura（スプレッツァトゥーラ）、すなわち、宮廷人の軽妙さ、大らかさ、計算ずくの無頓着である。それは、気取ることとは逆に、むしろ技巧を隠すふるまいである。

わたしは、フランスの若者たちに見られる、だらしない服装を真似たことがあります。マントを斜《はす》にはおり、ケープは片方の肩にかけ、靴下をルーズにはくといったスタイルで、これは、この手の異国のファッションを軽蔑して、技巧には無頓着なのだというプライドの表れなのです。こうしたぞんざいさが、話し方にも用いられれば、もっといいのにと思います。とりわけ、フランスの自由奔放な陽気さのなかにおいては、いかなる気取りも、宮廷人にはふさわしくありません。ところが君主国にあっては、すべての紳士は、宮廷人としてふるまうように躾《しつけ》られています。ですから、われわれは、いくぶんかは素朴で、ぞんざいなほうに逸脱してかまわないのです。

（第一巻第二五章「子供たちの教育について」『エセー1』二九八―二九九頁）

片方の肩にかけたケープ、斜にはおったマント、だらしなく履いた靴下――モンテーニュの文体とはこれである。これこそが、自然に合一した技巧の極致なのだ。

34　反・記憶

モンテーニュと記憶との関係はひどくあいまいである。彼は、古代の伝統に従って、記憶を完全なる人間に不可欠な能力としてたえず讃美している。記憶は弁論術の最後を飾る要素である。これによって弁論家は、言葉と観念という宝物を意のままに用いることができるのであり、どんな状況でもうまく話せるようになる。キケロやクインティリアヌスの書をはじめとする弁論術の書は、いずれも記憶の訓練を奨励していた。そしてルネサンスは、記憶術および「記憶劇場」[1]の最盛期であった。だが、モンテーニュは一方で、自分の特徴として、しばしば記憶力の乏しさを強調している。「うぬぼれについて」の章にある次の自画像がその一例である。

記憶というのは、驚くほど役立つ道具であって、これがないと判断力はその仕事をするのに難渋する。ところが、わたしにはこの記憶力なるものがまったく欠けているのだ。なにかを提起してもらう場合にも、ひとつひとつ順番に話してくれないとだめだ。というのも、さまざまなテーマを含んだ話に答えるのは、わたしの力に余ることなのだ。なにか用件を引き受けるにも、書き留めないとできはしない。なにか重要な話をするときも、それが一気に長い話の場合だと、われながらあわれなことに、いうべきことを一語一語暗記する必要に迫られる。さもないと、わが記憶力がとんでもない悪さをしでかしたらどうしようと不安で仕方なくて、談話が落ち着きのない、みっともない形になりかねないのである。

（第二巻第一七章「うぬぼれについて」『エセー5』九六―九七頁）

モンテーニュは、記憶力の弱さに悩んでいるという。これは、彼が自分のことを語るたびに、いかに自分が肉体的にも精神的にも劣っているかを示すために挙げる欠点の、長いリストの一部である。自分は複雑な話を覚えられないので、それに答えることもできない。自分に何か用件があるのなら、文書で頼んでもらいたい。演説を覚える必要がある場合、自分にはそれを丸暗記して、機械的に再生するしかない。

モンテーニュが強調してやまないのは、自分には弁論家がもつしなやかな記憶力がないということだ。弁論家なら、演説を行うときに、建築物や家を思い浮かべ、その部屋を思考の上で順にたどっていく。そうして、ひとつひとつの［想像上の］部屋で、あらかじめそこに置いておいた観念や語を拾い上げていくのである。モンテーニュの記憶には、このような柔軟性はない。ゆえに彼は、演説を暗唱するだけで満足せざるをえないのだ。
しかし、記憶力の乏しさには、利点もある。まず、それによって嘘がつけなくなるし、いやおうなく正直になる。記憶力のない嘘つきは、自分が何を誰に言ったかを覚えていられないために、どうしても発言が矛盾することになり、すぐに嘘がばれる。こうしてモンテーニュは、自分の正直さをひどく謙虚に語る。彼にとってそれは美徳ではなく、自分の記憶力の欠如のなせるわざにすぎないのである。そしてまた、記憶力のない人は、よりよい判断力をもつという。なぜなら、そのほうが他人に頼ることが少なくなるからだ。

記憶とは、知識《シアンス》・学問の集積所であり、ケースなのであって、その記憶力がこんなに弱いのだから、わたしはあまりものを知らなくても、不満をいえる義理ではない。もろもろの学芸の名称や、それがなにを扱うのかぐらいは、まあ大体は知っているものの、そこから先はなにも知らない。色々な書物をぱらぱらと読んだりはするが、それを研究したりすることはない。そのうちでわたしに残るものは、もはや他人のものとは認めがたくなっている。わが判断力は、まさにこれを有効に使ってきたのだ。つまり、わが判断力には、さまざまな理性的思考《ディスクール》や想像力《イマジナシオン》が浸透していて、逆に、著者名、場所、言葉づかいといった付帯的なことがらは、すぐに忘れ去られてしまうのである。とにかく忘却の名人であるわたしは、自分で書いたものや著作のことも、ほかのことと同じでけろっと忘れてしまう。

（第二巻第一七章「うぬぼれについて」『エセー5』一〇〇頁）

要するに、モンテーニュにおいて、記憶に関する謙遜は、自己の独自性の表明の意味をもちうるのである。

35　匂い、癖、身ぶり

モンテーニュは、書物のなかで、ひどく些細に思われることがらに興味をもつ。第一巻の「匂いについて」という小さな章には、こんなことが記されている。

たとえばアレクサンドロス大王がそうだけれど、ある人々の汗は、かぐわしき匂いを発散したといわれる。それはめったにない、特異な体質によるものらしく、プルタルコスなどが、その理由を探求している。けれども、体のしくみというのは、ふつうはこれと反対であって、もっともいい状態とは、なにも匂いがしないときなのだ。
（第一巻第五五章「匂いについて」『エセー2』三二三頁）

モンテーニュはこの小さなエピソードを、彼の枕頭《ちんとう》の書であり、ルネサンスにおけるベストセラーであった、プルタルコス『対比列伝』で読んだ。考えてみれば、近代の衛生観念からすれば、昔の匂いは責め苦のようなものだっただろう。モンテーニュが言うように、「体のしくみ」が「ふつうはこれ［＝アレクサンドロス大王］と反対」であったということは、たいていの人間は臭かったということだ。モンテーニュは旅の途中、都市の瘴気《しょうき》に悩まされる。

宿に泊まるときに、わたしがいちばん気をつけるのは、いやな匂いのする、重苦しい空気を避けることだ。ヴェネツィアとパリという、ふたつの美しい都には、特別の愛着をいだいているけれど、ヴェネツィアは沼地のせいで、パリは泥のせいで、鼻につーんとくるのが玉に瑕《きず》である。

（第一巻第五五章「匂いについて」『エセー2』三二六頁）

望みうるのはせいぜい、「なにも匂いがしない」ことであった。だがアレクサンドロスは、「かぐわしい汗」のおかげで、臭くないどころか、もともとよい匂いがしたという。プルタルコスによれば、大王は、火に関係する熱い体質をもっていて、いつも煮えたぎっていたために、体内から水分を発散していたのだという。モンテーニュは、この種の記述をいたく気に入り、歴史家たちの著作からたくさん集めてくる。彼は、戦争や征服といった大事件にではなく、人々の癖や身ぶりといった瑣末事に心惹かれるのであった。アレクサンドロスは頭を傾げる癖があった、カエサルはしょっちゅう指で頭をかいていた、キケロはよく鼻くそをほじった、などなど。

こうした自然の動作、意図せざる動作は、伝説の語る偉業よりも、人物の人となりをよく表すものだ。モンテーニュが歴史書のなかに求めたのはこれであった。彼はそのことを、『エセー』第二巻の「書物について」の章のなかで、テニスの比喩を用いて示唆している。歴史家の本は「フォアハンドにくるボール」、つまり、自分の右手に放たれた、打ち返すのが容易なボールだと言うのだ。

さて次に、歴史家は、テニスでいえば、フォアハンドにくるボールといったところ——楽しくて、すらすら読めてしまう。しかもそこには、わたしが知りたいと思っている人間存在のありさまが、なににもまして、あますところなく生き生きと現れている。人間の内面の多様性や真実の、あらましや詳細はいうにおよばず、人間をかたちづくる、さまざまな要素や、人間をおびやかす、さまざまなできごとが描かれているのである。

伝記を書く人は、できごとよりも、その動機に、つまり外側に出てくるものよりも、内側から出てくるものを時間をかけて描くから、その分、わたしにはしっくりくる。

（第二巻第一〇章「書物について」『エセー3』一七八—一七九頁）

大好きな歴史家の書物のなかで、モンテーニュはできごとよりも、その「動機《コンセイユ》」を、つまり、決定に至るまでの思考、決定の行われる仕方を、じっくりと観察する。できごとの流れは運に左右されるゆえ、思考こそが人物のあり方をよりよく明らかにしてくれる。思考を知ることによって、その人物の内面に入りこむことができるからである。

そんなわけで、あらゆる歴史家のなかでも、やはりプルタルコスこそが、歴史家のなかの歴史家ということになる。またわたしは、ディオゲネス・ラエルティオスの列伝が、あと一ダースほどあればいいのに、この作家がもっと広く知れわたり、もっと理解されてもいいのにと思うと、残念でたまらない。というのも、世界の偉大な教師たちの、考え方や思想といったものにおとらず、彼らの運命や生涯についても知りたいのである。

（第二巻第一〇章「書物について」『エセー3』一七九頁）

こうして、人々の生涯を知りたいと願ったモンテーニュは、自身の生涯を書き始めたのである。

36　拷問に抗する

マルタン・ゲール事件は有名である。フォワ伯爵領〔バスク地方北部〕の農夫マルタンは、家庭内でのもめごとをきっかけに村を飛び出す。十二年後に帰郷したとき、自分に瓜二つの男が家に居座っていて、妻と寝床までともにしていた。マルタンは告訴する。二人のいずれが本物かを決する裁判が、長期にわたって行われる。一五六〇年、マルタンになりすましていたアルノー・デュ・ティル――映画『帰ってきたマルタン・ゲール』（ダニエル・ヴィーニュ監督、一九八二年作）では、これをジェラール・ドパルデューが演じた[1]――が有罪を言い渡され、絞首刑に処される。トゥールーズ高等法院判事のジャン・ド・コラスは、この「現代の奇譚」を文書にして刊行した。モンテーニュは、『エセー』第三巻の「足の悪い人について」の章で、このことに触れている。

わたしは若い頃に、トゥールーズ高等法院の判事コラスが、不思議な事件の裁判について活字にしたものを読んだことがある。それは二人の男が、おたがいに自分こそは本物で、相手は偽者だと主張した事件であった。ほかのことはもう忘れかけているのだが、判事のコラスは、有罪とした男のペテン師ぶりを、われわれのみならず、判事たる彼の知識・経験をもはるかに超えた、きわめて不可思議なものと見なしているように思われたために、わたしとしては、コラスがこの男を絞首刑とした判決を、これはずいぶん思い切った判決だなと思ったことは覚えている。アレオパゴス会議[2]では、どうにも解決のつかない事件で困りはてると、双方に、百年後に再出頭せよと命じたという。いっそのこと、われわれは、このアレオパゴス会議よりもっと自由率直に、「当法廷は、本件をまったく理解できない」といったたぐいの判決も受け入れようではないか。

（第三巻第一一章「足の悪い人について」『エセー7』一七六—一七七頁）

モンテーニュは時期を勘違いしているが（当時彼は二七歳であって、子供ではなかった）、とにかくそのときの驚きを語っている。自分がジャン・ド・コラスの立場であったとすれば、真贋二人のマルタンを裁くことなどとてもできなかっただろうと言う。一方は、家族や妻と長年をともにした男、他方は、長年の不在ののちに帰郷し、そこはおれの場所だと主張する男である。マルタン・ゲールを騙《かた》った男のふるまいはあまりにも「不可思議」に思われたので、モンテーニュは、彼を有罪とした判事の決定を大胆すぎると考えた。不可解な事例を前にしたアレオパゴス会議のように、本件については判決を行わないほうがよかった、というのだ。

モンテーニュは、他の多くの解決困難あるいは解決不能の事件のなかのひとつとして、このマルタン・ゲール事件に関心を向けている。彼は、事件解決のために拷問に訴えることには、断固反対を唱える。たとえば魔女裁判がそれだった。魔女たちに関しても、同じく判決は放棄すべしと主張する者は、当時にあってほとんど彼ひとりであった。

近隣の魔女たちは、次々と新たな著者が現れては、彼女たちの夢想は具体的に実証できると述べるたびに、命の危険にさらされている。[…]われわれには、その原因も手段もわからないのだから、われわれの知能とは別の知能が必要なことになる。[…]人間を死刑にして殺すというからには、一点の曇りもない明証性が必要とされる。[…]したがって、わたしは、「証明するのは困難で、信じることが危険なことがらに関しては、確信よりも、懐疑にかたむくほうがいい」と述べた、聖アウグスティヌスの考えに賛成したい。

（第三巻第一一章「足の悪い人について」『エセー7』一七七―一八〇頁）

当時、黒魔術の現象を説明すると称し、魔女裁判における拷問利用を正当化する悪魔学の書物がもてはやされていた。モンテーニュはこれに疑いの目を向ける。彼にとって、魔女は精神を病んだ女にすぎず、悪魔学者はぺてん師と同じであった。魔女も悪魔学者も、同一の集団的幻想の犠牲者なのであった。われわれは無知ゆえに、もっと慎重に、用心してふるまうべきではないか、というのである。モンテーニュはこう結論する。

要するに、自分の推測によって、一人の人間を生きながら火あぶりにするのは、自分の推測を過大に評価していることにほかならないのだ。

（第三巻第一一章「足の悪い人について」『エセー7』一八〇―一八一頁）

偽マルタン、魔女たち、さらには（「馬車について」の章における）新世界のインディオたちを前にして、モンテーニュは、ありとあらゆる種類の残虐に異議を唱え、寛容と思いやりを訴える。こうした姿勢以上に、モンテーニュの人柄をよく表すものはない(3)。

37　肯定と否定

モンテーニュは、宗教のことがらに触れるたびに、極度の慎重さを示す。たとえば、『エセー』第一巻の「祈りについて」の章の冒頭で、祈りという、キリスト教に不可欠な儀礼的行為に関する見解を述べるときがそうである。

大学などでは、不確かな諸問題を明らかにして討論させたりするけれど、それと同じように、わたしもここで、形が定まらなくて、結論の出ていない考えを提示したい。それは、真理を確立するためではなく、それを探求するためなのである。それらを、わたしは、わたしの行動や著作のみならず、わたしの思想をも統御することを任務とする人々の判断に差しだす。彼らによる非難も、称賛と同じく、受けいれるべきものだし、有益なのである。というのも、無知ないし不注意により、この雑ぱくな寄せ集め《ラプソディ》のなかに、使徒伝来のローマ・カトリック教会の聖なる決定や掟に反するようなものが、横たわっているのが見つかるならば、わたしとしては、それを非常識だし、敬虔ならざることだと考えるからなのである。わたしは、カトリック教会のなかで生まれ、そこで死んでいく人間なのだ。

（第一巻第五六章「祈りについて」『エセー2』三二八頁）

またもや章の始まりは、謙虚さの表明である。その主旨はこうである。――ここに示すのは、自由な討論であって、あえて結論を導くことはしない。討論の楽しみのために討論してみよう。ちょうど学生時代に、意見表明のためではなく、その練習をするために、ある命題に対して肯定と否定（プロとコントラ、シックとノン）[1]いずれの立場の主張もさせられたように。これはまさに『エセー』、つまりは思考の練習と経験、発想の遊戯なのであって、哲学や神学の論考とはわけがちがうのだ。

その上でモンテーニュは、自分の意見に固執するつもりはなく、もしそれが誤っていると判断されるならいつでも取り下げるつもりであり、教会の権威には絶対に服従する、という。

これはそのまま、一五八〇年のローマ旅行の際の彼の思いであった。彼は『エセー』第一・二巻を、教皇庁の検閲に付すために持参した。教皇庁は、「運命《フォルチューヌ》」という語の使用などのいくつかの細部を批判したが、たとえば、「レーモン・スボンの弁護」における信仰至上主義《フィディイスム》、キリスト教的懐疑主義、すなわち、理性と信仰とのほとんど絶対的な分離を認める考えについては、まったくおとがめなしであった。そして一五八八年以後、余命いくばくもないと自覚したモンテーニュは、「祈りについて」の冒頭部に補足を行い、カトリック教会に対する忠誠を強調するのである(2)。

もっとも彼は、それでもなお、奇跡や迷信についてあちこちで不信感を表明し、先にも見たように、近隣の魔女たちに対するよりいっそうの寛容を求めた。それにまた、『エセー』の片隅には、もっと剣呑な言葉を見いだすことができる。「レーモン・スボンの弁護」の次の一節がその一例である。

わたしは、今日わたしが心にいだき、信じていることを、わたしの信念のすべてによっていだき、信じている。わたしの道具と手だてのすべてが、この意見をがっしりとつかんで、持っているすべての力でこれを保証してくれている。わたしとしては、いかなる真実をも、この意見ほどに、確信をもって抱きかかえて、保持することはできそうにない。この意見に、すっかり全身を投じてしまっているのだ。とはいえ、これと同じ道具で、同じ条件で、なにか別のことを抱きかかえながら、その後でまちがいだと判断するようなことが、このわが身に、一度ならず、百回、千回と、いや毎日のように起こってきたのではなかろうか?

（第二巻第一二章「レーモン・スボンの弁護」『エセー4』二二四―二二五頁）

自分は今日衷心から、誠心誠意、あることを信じているが、そのような強い確信も、これまで何度も変化をくり返してきた、という。判断の不安定さ、行動の一貫性のなさは、『エセー』の主要テーマであって、ことあるごとに取り上げられている。右でモンテーニュは、信念について語りながら、はっきりとキリスト教の信仰に言及しているわけではない。だが、信仰も変化を免れない。そんなことはないと言う者は、信仰を、人間とはいかなる共通項をもたない別次元のものと仮定しているにちがいないのである。

38 賢明なる無知

『エセー』第一巻の終わり近くに、「デモクリトスとヘラクレイトスについて」という章がある（この二人は、笑う哲学者と泣く哲学者であり、人間の条件の滑稽さを表す二つの方法を体現している）。この章の初めあたりで、モンテーニュは自分の方針を説明している。

わたしは、運まかせに、とにかく手近の主題を取り上げる——どれでも同じだけ、有効なのだから。でも、それらを全部まるごと扱おうと、考えたりはしない。

（第一巻第五〇章「デモクリトスとヘラクレイトスについて」『エセー2』二九七頁）

言いかえれば、「わたしからすると、いかなるテーマも豊かな内容を含んでいる」（第三巻第五章「ウェルギリウスの詩句について」）ということだ。モンテーニュの思索は、いかなる偶然の観察、読書、出会いからでも出発しうる。だからこそ彼は旅を、とりわけ〔先にも見たとおり〕馬による旅行を好んだ。その間に多くの考えがわいてくるからだ。そしてそうしたさまざまな考えが、まわりの事物、あるいは人生そのものの有為転変によって、より活性化されたり、棄却されたりするのだ。彼はしばらくの間ある考えにとらわれるかと思えば、また別のときにはそれを放棄する。だがそれでよいのだ。結局はすべてが互いに関係しているのだから。

右の短い方針説明は、のちに次の文章によって補足されることになる。

というのも、なにごとにつけ、わたしには全体などは見えはしないのだ。全部お見せしましょうなどと、われわれに約束する連中にしても、そんなはずはない。それぞれの事物が有する百の手足や顔のうちから、ひとつだけを手にして、ただなめたり、軽くさわったり、たまには、骨に届くまでぐっとつかんだりする。それも、できるだけ広くということではなくて、できるだけ深く突いてみるのだ。それもたいていは、当てたことのない光によって、そうした部分や表情をとらえることが好きなのだ。

〔第一巻第五〇章「デモクリトスとヘラクレイトスについて」『エセー2』二九七頁〕

『エセー』刊行後に書かれたこの追加部分〔前出の「ボルドー本」余白への書き込み〕において、モンテーニュの姿勢はより断固たるものとなっている。彼によれば、ものごとの奥底までたどり着いたとのたまう連中は、嘘つきである。なぜなら、人間にはものごとの本質を知ることなどできないからだ。世界はあまりにも多様なので、われわれの知はいずれも、しょせんはもろく、どうあがいても単なるひとつの臆見でしかない。ものごとは「百の手足や顔」をもつ。

人間の思考のもっとも普遍的な性質とは、多様性にほかならないのである。

（第二巻第三七章「子供が父親と似ることについて」『エセー5』三六二頁）

そういうわけで、各人がせいぜい望みうるのは、ものごとの一部の側面を明らかにすることくらいなのである。そこでモンテーニュは、さまざまな観点からものを見るように努めるが、そうして得られた見解は相互に矛盾する。だがそれは、世界自体が矛盾と不調和に満ちている証拠なのだ。

わたしが身の程をわきまえず、自分の無能力さを自覚していなかったならば、思いきって、なにかの題材を徹底的に扱ったりしたかもしれない。でも、わたしの場合は、本体から切り離した見本を、なんの意図も約束もなしに、ここに一語、あそこに一語とまき散らすのだ。

だから、それを本気で扱う義務もないし、ふと気が変わったりしないようにと、自分をそこに縛っておく義理もないわけだし、疑問や不確実性に、そして無知という、わが原形に降参してもかまわないのである。
（第一巻第五〇章「デモクリトスとヘラクレイトスについて」『エセー2』二九七頁）

対象を完全に知りつくしたと思ったとすれば、それは幻想にすぎない。モンテーニュは、あちこちに手を出しては、どんなものでもそのほんの一側面だけを扱う。本気で、まじめに、覚悟を決めて書いているというのではなく、あくまでも自分の楽しみのために書いているのであり、ときには以前に書いたことと矛盾することもあるし、たとえば魔術のように、自分の力に余る主題、白黒つけがたい主題に関しては、きっぱりと判断を中止するのである。

「ボルドー本」余白に付加された右の一節の末尾は、「わが原形」としての無知の礼讃である。だが、注意しよう。『エセー』の最終的な教えであるこの無知は、原始的な無知、すなわち、知ることを拒み、知る努力をしない「愚かさと無知」（第三巻第一二章「後悔について」）とは異なる。それは、賢明なる無知、すなわち、さまざまな知を踏破したのちに、それらが生半可な知でしかないと悟った者の無知である。

のちにパスカルが言うように、世の中で、自分が知者であると思い込む「生半可な知者」ほど大きな害悪はない。(1) モンテーニュが讃える無知とは、ソクラテスの無知、みずからが無知であると知る者の無知である。それは「完全と困難の極致」でありながら、「自然の純粋かつ原初の印象と無知」に結びつくものである(第三巻第一二章「容貌について」)。

39　失われた時

モンテーニュは、一五九二年の死までずっと、『エセー』の「ボルドー本」（一五八八年刊の巨大な四つ折り版）の余白に「付け足し《アロンジャイユ》」を詰めこんだが、そのなかには、事後的に自分の企図をふりかえる思索が多数含まれている。たとえば、「嘘をつくこと」という章にある次の加筆がそれだ。

それに、たとえだれにも読んでもらえなくても、これほど有益で、楽しい考えごとをしながら、暇な時間をたっぷりと使わせてもらったのだから、時間のむだということはない。ところで、わたしは、自分を型どった肖像を作りながらも、その自分を引き出してくるために、しばしば、髪の毛を整えるなど、見てくれを整えなくてはいけなかったのだけれど、そのせいで、モデルとなったオリジナルのわたしがぐっと固まって、ある程度は自分で形を作ることになった。そしてわたしは、他人のために自分を描きながら、最初のころの色彩よりも鮮明な色彩で、自分のなかにあるわたしの姿を描いた。わたしがこの書物を作ったというよりも、むしろ、この書物がわたしを作ったのである。これはその著者と実体を同じくする書物、自分自身だけにかかわるもの、わが人生の一片なのであって、これ以外のすべての書物のように、第三者たる他人にかかわることを目的とするものではない。

（第二巻第一八章「嘘をつくこと」『エセー5』一二一頁）

『エセー』など何の役に立つのか。――モンテーニュをかくも人間的で、われわれに親しみやすくしているのは懐疑であって、その懐疑は彼自身にも及んでいる。彼はつねに断言を避け、喜びと悲しみとの間で揺れている。『エセー』に生涯の大部分を捧げたこの男は、仕上げの段階にしてなお、時間をむだにしてしまったのではないかと自問している。

本は鋳造のため、つまり、対象の型を取り、その輪郭を再現するために作られる。だが、モンテーニュはそこにとどまらない。そんな単純な再現では満足しないのだ。彼はただちに、オリジナルと複製、彼の用語で言えば、「モデル」と「肖像」との相互作用について語る。鋳造の作業によって、モデルに変更が加わり、モデルはより「髪の毛が整い」、より見栄えがよくなる。モデルの姿はコピーのなかにあるのだが、そのコピーのせいで、当のモデルに修正が生じている。モデルとコピーは互いに相手に似せて作られる、というよりも、互いに相手を作っているのだ。そうして互いに相手と区別がつかなくなる。モンテーニュは、「後悔について」の章で、こんなふうに語っている。

一方にふれるならば、他方にふれないわけにはいかないのだ。

（第三巻第二章「後悔について」『エセー6』四四頁）

先の一節からは、前代未聞の試みに成功したことに、モンテーニュがある種の誇りを抱いているのが感じられる。なにしろ、人と本との完全な同一性を実現しようなどという野心を抱いた著者は、これまで皆無だったのだから。だが、このささやかな虚栄心も、すぐに棄却される。すべては意図したことではなく、たまたま、自分の楽しみによって生じたことだ、と。

こうして、継続的に、注意深く、自分で自分のことを報告してきたことで、はたしてわたしは時間を浪費したのだろうか？　ときどき思い出したように自分のことを省みたり、あるいは話したりする人たちは、そのことを自分の勉強としたり、あるいは仕事や職業として、自分の信念をかけて、全力で長期にわたる記録簿を書くことに身を投じている人間と比較するならば、自己のなかに深く入っていって、根源的なところから吟味しているとはいえないと思う。［…］この仕事が、はたして何度、煩わしい考えごとからわたしの心をまぎらしてくれたことか。

（第二巻第一八章「嘘をつくこと」『エセー5』一三一—一三二頁）

モンテーニュは、自分の行いがいかに奇抜で、無謀であったかを自覚している。自分のことを単に頭のなかで、あるいは口頭で、しかもごくたまに検証してみる者は、自己を知ること、つまりは人間を知ることに関して、大して先には進めない。モンテーニュは、書く行為、自分について書く行為が、自分を変え、今の自分を作ったことを知っている。そしてまた、同時に他人をも変えたのである。のちにニーチェは言う。「モンテーニュのような人がものを書いてくれたおかげで、この世に生きる喜びが真に大きくなった」と。

もっとも、「町の四つ辻に像を据えつける」（第二巻第一八章「嘘をつくこと」『エセー5』一二九頁）ことなど問題外だ。モンテーニュは、少し出しゃばったかと思うと、すぐに控えめになる。自分にとって、書くことは何よりもまず気晴らしであり、ほんの退屈しのぎ、憂鬱への対抗策にすぎないのだ、と。

40　世界の玉座

わたしは長らく、『エセー』のひどく無礼な結論を、ここで紹介してもよいものかどうかためらった。繊細な人々のお耳を汚してしまうかもしれないと思ったからである。だが、モンテーニュが語っていることなのだから、引用しない理由もないだろう。ままよ、これが最後の機会だ。

あの偉大なアイソポスは、自分の先生が散歩しながら小用をたしているのを見て、「たいへんだぞ、ぼくたちは走りながらうんこをしなくちゃいけないのかな」と叫んだという。時間を大切に使おうではないか。まだまだ、われわれには、手持ちぶさたで、無為にすごしてしまう時間がたくさん残っているのだから。

（第三巻第一三章「経験について」『エセー7』三四〇頁）

かくて、生の一大哲学が、このような刺激的な数行に要約されている。ルネサンスの人々は、われわれほど気取ることはなく、思うことを率直に口にした。『エセー』最終章の「経験について」は、モンテーニュが最後に至った知恵を提示している。しばしばエピクロス主義に通じると言われる知恵だ。ゆっくり生きよう。自然に従おう。いまこの時を楽しもう。むだに急ぐのはよそう。――一言でいえば、「ゆっくり急げ《フェスティナ・レンテ》」ということだ（エラスムスの好んだ逆説的な表現である）。モンテーニュ自身が、少し前の部分で説明している。

わたしには、自分だけに通じる辞書がある。「時《タン》」や「天気《タン》」がわるくて、不快なときには、この「時」を通り抜けるけれど、好機ならば通り抜けようとは思わないで、それをもう一度さわって、しっかりつかんでおく。わるい「時」は駆け抜け、いい「時」にはじっくり腰をすえなくてはいけない。

（第三巻第一三章「経験について」『エセー7』三三二頁）

辛いときには歩みを速めよう。しかし、いまこの時の楽しみは穏やかに味わおう。「この日をつかめ《カルペ・ディエム》」とホラティウスは言った。「明日のことは気にかけず、今日を摘みとれ」と。つまり、死のことは忘れて、この瞬間を十分に享受せよ、というのである。『エセー』の最後の数ページは、この教えをありとあらゆる形でくり返し告げ、自分自身に従うことを説いている。

わたしは踊るときは踊るし、眠るときは眠る。いや、ひとりで美しい果樹園かなんかを散策しているときだって、ふと上の空になって、別のことに気をとられたりする時間もあるけれど、それ以外は、わが思考を、この散策に、果樹園に、ひとりでいることの幸福に、そしてわたし自身に連れもどしている。（第三巻第一三章「経験について」『エセー7』三二六頁）

モンテーニュが自分に提示する人生の倫理《エティック》は、ひとつの美学《エステティック》、人生を美しく生きる術でもある。この瞬間をつかみとることは、世界のなかに存在する作法——慎ましく、自然に、単純に、真に人間らしく存在する作法——となる。

ポンペイウスがアテナイに入城したときに、これをたたえて市民たちが彫ったという、《あなたは、自分が人間であることを認めているから、ますます神とされるのです》〔プルタコス『対比列伝』「ポンペイウス」〕という高貴な文言などが、わたしの感覚とぴったり合致するのである。

自分の存在を、正しく楽しむことができるというのは、ほとんど神のような、絶対的な完成なのだ。われわれは、自分自身のありようをいかに使いこなすのかわからないから、他の存在を探し求めるのだし、自分の内側を知らないために、自分の外側に出ようとする。でも、そうした竹馬に乗ってもどうにもならない。竹馬に乗ったとて、どっちみち自分の足で歩かなければいけないではないか。いや、世界でいちばん高い玉座の上にあがったとしても、われわれはやはり、自分のお尻の上に座るしかない。

もっともすばらしい生活とは、わたしが思うに、ありふれた、人間的なかたちに、ぴったり合ったもの、秩序はあるけれど、奇蹟とか、逸脱や過剰はないようなものである。

（第三巻第一三章「経験について」『エセー7』三四一頁）

この『エセー』最後の言葉は、与えられたままの生を、それがいかなるものであっても、そのまま受け入れることを説いている。それは結局、誰にとっても——身分の上下にかかわらず——平等の生である。なぜなら、死を前にすれば、われわれの間に違いなどないからだ。

モンテーニュは、彼にとっての最大の英雄であるソクラテスに対してすら、非難すべき点を見いだしている。ソクラテスは、守護天使のような霊《ダイモン》に袖を引っ張られて、人間の条件を脱しようと望んだからである。(1) モンテーニュはそんなことを望まない。彼は、裸一貫の人間、自然に従い、おのれの運命を受け入れる、われらの兄弟である。

注

1　社会参加

（1）一五七二年八月二三—二四日、パリで起こったカトリック側によるプロテスタント（ユグノー）の組織的大虐殺事件。首謀者はカトリーヌ・ド・メディシスと、カトリックの首領ギーズ公アンリであるとされる。

3　すべては移ろう

（1）本書「6 天秤」を参照。

（2）本書「12 馬上の姿勢」を参照。

（3）次を参照。「わたしは、ふだんは馬に乗るとなかなか下りない。というのも、健康でも、具合が悪くても、それがもっとも気分のいい姿勢であるからだ。プラトンは健康のために乗馬を勧めたし、プリニウスも、乗馬は胃や関節にいいと述べている」（第一巻第四八章「軍馬について」『エセー2』二七一頁）。

4　ルーアンのインディオたち

（1）「南極フランス」は、現在のブラジルに相当する地域。ヴィルガニョン提督の新大陸探検に司祭として同行したアンドレ・テヴェは、帰国後の一五五七年、旅行記『南極フランス異聞』（*Les Singularités de La France antarctique*）を刊行する（山本顕一訳「南極フランス異聞」、『大航海時代叢書』第二期十九『フランスとアメリカ大陸1』岩波書店、一九八二年、所収）。

（2）フランス語の sauvage という形容詞には、「野蛮な、残酷な」という意味と、「野生の、自然の」という意味とがある。次を参照。

「さて、わが主題に話を戻すとして、自分の習慣にないものを、野蛮《バルバリー》と呼ぶならば別だけれど、わたしが聞いたところでは、新大陸の住民たちには、野蛮《バルバール》で、未開《ソヴァージュ》なところはなにもないように思う。どうも本当のところ、われわれは、自分たちが住んでいる国での、考え方や習慣をめぐる実例とか観念以外には、真理や理念の基準を持ちあわせていないらしい。あちらの土地にも、完全な宗教があり、完全な政治があり、あらゆることがらについての、完璧で申し分のない習慣が存在するのだ。彼らは野生《ソヴァージュ》であるが、それは、自然がおのずと、その通常の進み具合によって生み出した果実を、われわれが野生《ソヴァージュ》と呼ぶのと同じ意味合いで、野生《ソヴァージュ》なのである。本当のことをいえば、われわれが人為によって変質させ、ごくあたりまえの秩序から逸脱させてしまったものこそ、むしろ、野蛮《ソヴァージュ》と呼んでしかるべきではないか。」（第一巻第三〇章「人食い人種について」『エセー2』六四頁）。

(3) 本書「16 友」を参照。また、次の書を参照。ラ・ボエシ『自発的隷従論』西谷修監修、山上浩嗣訳、ちくま学芸文庫、二〇一三年。

(4) 本書「27 賭け」を参照。

6 天秤

(1) 次を参照。ラブレー『パンタグリュエル』宮下志朗訳、ちくま文庫、二〇〇六年、七四—七五頁。および、宮下志朗『ラブレー周遊記』東京大学出版会、一九九七年、「うんこの縁飾り」六〇—六三頁。

(2) 次は、聖体に関する論争が、モンテーニュ『エセー』を含む一六世紀西欧の文学のなかで、どのように描き出されたかをたどるきわめて刺激的な論考である。平野隆文「キリストの血と肉をめぐる表象の位相　ラブレーからド・ベーズまでの文学と神学の交錯点」、ヒロ・ヒライ／小澤実編『知のミクロコスモス　中世・ルネサンスのインテレクチュアル・ヒストリー』中央公論新社、二〇一四年、一九二—

二二八頁。

7　ヘルマプロディトス

（1）この引用文の後半部分では、「想像力」が擬人化されている。「想像力の身になってみれば、娘たちからたえず（性に関する）同じような願いばかりを聞かされたり、激しい欲望を目の当たりにしたりするのが面倒なので、いっそ男性器を彼女らにくっつけてしまったほうが楽だ」ということ。

（2）次を参照。ラブレー『第三の書』宮下志朗訳、ちくま文庫、二〇〇七年、第三二章、とくに三六六―三七二頁。医者のロンディビリスがパニュルジュを相手に、女性の移り気、節操のなさ、生来の性欲の強さについて講釈する場面である。

（3）実際にはモンテーニュは、これを自分の友人の体験した話として語っている（モンテーニュ自身の体験と推察されるが）。また、『エセー』文中では「某氏」とはその友人のことであって、「わが依頼人どの」（つまり男性器）とは別である。

13　図書室

（1）モンテーニュの塔

（2）図書室の梁

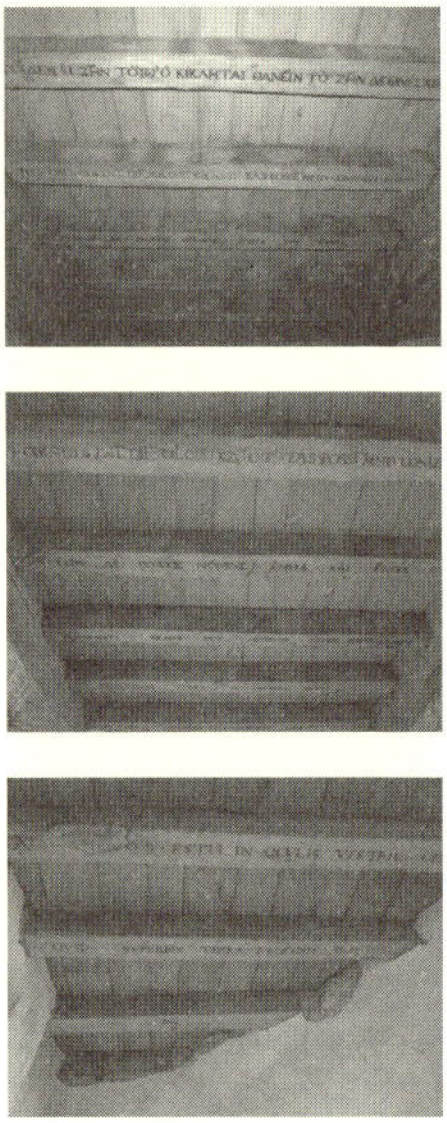

14　女性読者に

（1）本章は、ギュルソン伯爵夫人、ディアーヌ・ド・フォワに宛てた書簡という体裁をとっているので、ですます体で訳されている。

16　友

（1）『モンテーニュ全集9　モンテーニュ書簡集』関根秀雄訳、白水社、一九八三年、九―一三頁。

（2）『自発的隷従論』は、写本のかたちで広く閲読されていたが、一五七四年、『フランス人とその隣人たちの目覚ましの鐘』という対話形式の小冊子のなかに、本論にいくぶんかの変更を加えた文章が収められる。サン゠バルテルミ虐殺（一五七二年）をはじめとする悲惨な事件によってもたらされたフランスの荒廃を嘆き、フランス王とその母カトリーヌに対して激しい中傷を浴びせかける文書である。また、一五七六年、ラ・ボエシの文章をさらに長く引用した『シャルル九世治世下のフランスの覚え書き』が、プロテスタントの牧師シモン・グラールによって出版される。モンテーニュは、このように亡友の意に反して、『自発的隷従論』が革命扇動の書とみなされることにもはや耐えられなかったのである。ラ・ボエシ『自発的隷従論』前掲書、解題を参照。
(3) 本書「25 書物」を参照。
(4)「自分用の『エセー』」とは、いわゆる「ボルドー本」のことである。本書「31 わたし自身の一部」を参照。

17 ローマ人
(1) キケロー『義務について』I、一二二、泉井久之助訳、岩波文庫、四六頁。
(2) モンテーニュは、『エセー』第一巻第五一章「ことばの空しさについて」でも、弁論術(修辞学)を痛烈に批判している(『エセー2』三〇三―三一〇頁)。

18 改革は何のため?
(1) だから、結果がどう出るかわからない変革を急ぐのではなく、現状を維持するのがよい、ということ。
(2) 本書「16 友」を参照。

19 他者
(1) 本書「2 会話」を参照。

21 皮膚と肌着
(1) 次を参照。エルンスト・H・カントローヴィチ『王の二つの身体　中世政治神学研究』小林公訳、ちくま学芸文庫、上下巻、二〇〇三年。

（2）ここで筆者は、パスカル『パンセ』中の次のような主張を想定していると思われる。「人はこちらが思うとおりに遇してくれるものだ。われわれは真理を憎んでいるので、人はわれわれから真理を隠してくれる。われわれがほめてほしいときには、人はほめてくれるものだ。われわれはだまされるのが好きなので、人はだましてくれるのだ。

そのようなわけで、幸運によって世間で高い地位に恵まれる者は、その地位が高ければ高いだけ、真理からますます遠ざかることになる。なぜなら人は、相手から好まれることが有利になり、嫌われることが不利になる場合、その相手を傷つけることを恐れるからだ。ある君主がヨーロッパ中の笑いものになっているのに、本人だけが知らないということがあったとしても、私は驚かない。真理を告げると、告げられた相手には益をもたらすが、告げる側は、相手に嫌われてしまうので、損をこうむることになる。そこで、君主と生活をともにする人々は、自分が仕える君主の益よりも自分の益のほうを尊重するので、自分たちが損をしてまで相手に益を与えようなどとは考えないのである」（Pascal, *Pensées*, éd. G. Ferreyrolles, Paris, LGF, « Le Livre de Poche », 2000, fragment 743. 訳は山上）。

また、次も参照。パスカル『大貴族の身分に関する講話』「第一の話」塩川徹也訳、『メナール版パスカル全集』第二巻、白水社、一九九四年、四六四―四六六頁。

22　よくできた頭

（1）次を参照。ラブレー『パンダグリュエル』前掲書、第八章、一〇五―一一八頁。

（2）本書「34　反・記憶」にて。

24　悲劇的な教訓

（1）ナヴァール王アンリ・ダルブレはギュイエンヌ地方総督であり、トリスタン・ド・モナンはボルドー市総督であった。

25
書物

（1）本書「19 他者」を参照。

27
賭け

（1）パスカルは、信仰を「神あり」への賭けに喩え、その賭けに勝った場合の利得の大きさを説くことによって、相手を信仰に誘おうとする。「賭け」の議論の内容はおおよそ以下のとおりである（Pascal, *Pensées*, éd. cit., fragment 680）。

信仰は、コイン投げのゲームで「表」に賭けることに喩えられる。この賭博への参加料は「ひとつの生命」、つまり現世における生涯全体であり、表（「神あり」）、裏（「神なし」）が出る確率は、それぞれ二分の一である。「表」を選んで勝てば、肉体の死後、魂の「無限に幸福な無限の生命」が得られる。負ければ何も与えられないが、それは「裏」に賭けて勝った場合も同じである。いずれにも賭けないという選択は許されない。この場合、事実上「表」に賭けるしか選択肢はない。

（2）これを認めるか認めないかで、カトリックとプロテスタントのいずれかの立場を表明することになるから。本書「6 天秤」を参照。

（3）本書「4 ルーアンのインディオたち」で筆者が述べているように、モンテーニュは、インディオたちのフランス文明についての三つの感想のうち、第三の感想を忘れたと語っていた。筆者は、実際はモンテーニュは忘れたのではなく、故意に言い落としたと推測しているのである。

28　羞恥と芸術

（1）次を参照。ラブレー『第三の書』前掲書、第三二章、三六七―三七二頁。「むろん、プラトンも、女性を、理性的動物と野生動物の、どちら側に位置づけるべきかで迷ったのであります。といいますのも、自然が、女性の身体内部の、秘められたる場所に、男性にはないところの一匹の動物《アニマル》を、一個の器官《マンブル》を、収めたからでありまして［…］」（同上、三六八頁、医師ロンディビリスのせりふ）。

31　わたし自身の一部

（1）この点について、詳しくは次を参照。宮下志朗「『エセー』の底本について「ボルドー本」から一五九五年版へ」『エセー1』三一七―三二六頁。

34　反・記憶

（1）「記憶劇場」（théâtre de mémoire）とは、記憶術の応用版として、ルネサンス期の一部で流行した、気宇壮大な概念装置である。古代ローマの階段状の劇場空間を、記憶の仮想の器として利用し、そこに七惑星や、古代の神々といった、分類用の概念軸を設定する。そして階段席の部分に、さまざまな記憶イメージを整列・配置していくことで、中央舞台に立つ人が、森羅万象の記憶を管理・操作することができるようにした。なかでも、イタリア人のジュリオ・カミッロが考案した記憶劇場が有名。『劇場のイデア』（初版一五五〇年、足達薫訳、ありな書房、二〇〇九年）のなかで、そのアイデアを披露している。

以上は、『叡智の建築家　記憶のロクスとしての一六・一七世紀の庭園、劇場、都市』（中央公論美術出版、二〇一四年）の著者である桑木野幸司さん（大阪大学文学研究科）のご教示による。記して感謝申し上げる。

36　拷問に抗する

（1）映画の原作は、次の書である。ナタリー・Z・デーヴィス『帰ってきたマルタン・ゲール 16世紀フランスのにせ亭主騒動』（成瀬駒男訳、平凡社ライブラリー、一九九三年）。また、リチャード・ギア、ジョディ・フォスター主演のアメリカ映画『ジャック・サマースビー』（ジャン・アミエル監督、一九九三年作）は、この映画のリメイクである。
（2）古代アテナイの政治機構。アテナイ政治における貴族勢力の牙城であり、古代ローマにおける元老院のような役割を果たした。のち政変によって民会に権限が移譲されるにおよび、アテナイの民主政が確立する。
（3）モンテーニュの拷問批判については、『エセー』第二巻第一一章「残酷さについて」も参照（『エセー3』一九二―二二〇頁、とくに二〇八頁以降）。

37　肯定と否定

（1）*Pro et contra* は「賛成と反対」、*sic et non* は「然りと否」の意。
（2）先の引用で、「というのも、無知ないし不注意により」以下が補足された部分である。

38　賢明なる無知

（1）この点については、次の拙論を参照されたい。山上浩嗣『パスカルと身体の生』大阪大学出版会、二〇一四年、第七章「無知」。

40　世界の玉座

（1）次を参照。「人々は、われを忘れたい、人間であることから逃げ出したいと願っている。でも、そんなことはもってのほかだ。天使に変身しようとしても、けものに変身してしまう――高く舞い上がるかわりに、どさっと倒れこむのが落ちなのである。あの超越的な考え方というのが、わたしには高い場所のようにこわくて、近づきがたい。ソクラテスの生涯なんかでも、彼が恍惚状態になったり、霊《ダイモン》にとりつかれたりしたことは、わたしにはどうにも納得がいかないのだ。」（第三巻第一三章「経験について」『エセー7』）

訳者あとがき

本書は、Antoine Compagnon, *Un été avec Montaigne*, Paris, Éditions des Équateurs, 2013 の全訳である。

原書の書名は直訳すると「モンテーニュと過ごす夏」あるいは「ひと夏のモンテーニュ」である。直訳の題名も魅力的なのだが、編集担当者とも相談し、本訳書では『エセー』への入門書という趣旨を強調する題名にした。

著者のアントワーヌ・コンパニョンは、一九五〇年、ベルギー生まれのフランス文学者。パリ・ソルボンヌ大学教授などを経て、現在はコレージュ・ド・フランスおよび米コロンビア大学教授。マルセル・プルーストやモンテーニュの専門家としてのみならず、文学理論に関する著作や、文学研究という行いの歴史や意味を問う刺激的な論考によって国際的に知られている。これまでに、『近代芸術の五つのパラドックス』(中地義和訳、水声社、一九九九年)、『文学をめぐる理論と常識』(中地義和・吉川一義訳、岩波書店、二〇〇七年)、『第二の手、または引用の作業』(今井勉訳、水声社、二〇一〇年)、『アンチモダン　反近代の精神史』(松澤和宏監訳、名古屋大学出版会、二〇一二年)の四著が日本語に訳されている(上記『文学をめぐる理論と常識』の「訳者あとがき」に、著者の詳しい紹介がある)。

本書の原書は、フランス・アンテル局のラジオ番組「モンテーニュと過ごす夏」の全四〇回分の台本を集めたものである。「著者まえがき」の注にも記したとおり、番組は、二〇一二年七月二日から八月二四日の間、月曜から金曜日に毎回五分間放送された。著者のアントワーヌ・コンパニョンみずからが出演し、『エセー』からの引用部分は、俳優のダニエル・メズギッシュが朗読した。

一切のアドリブもなく、語りのBGMとしてクラシック音楽が小さな音量で流れるだけの、かなり地味な番組だったが[*]、これが二〇一三年五月にひとたび書籍として刊行されるや、たちまちベストセラーの一角を占めるようになり、同年九月までに十万部を、今年の七月末までに十七万部を売り上げた。現在もなお勢いは止まらない。文学、それも古典作品に関する書物としては異例中の異例である[**]。

コンパニョンは、あるインタビューに答えてこう語っている。「本書の成功は、文学や思想に対する人々の潜在的な需要の大きさを物語っています。とても励みになる現象です。文学は不調だとか、フランス人は本を読まなくなったとか、思想になど興味はないなどと言われますが、それはまちがいだということです」（二〇一三年九月、フランス・アンフォ局のラジオ番組にて）。

そのとおりだと思うが、それ以上に、本書に収められたモンテーニュの文章とコンパニョンの解説が、人々に『エセー』の魅力をうまく伝えるのに成功したのだろう。本書によって人々は、誰もがその題名は知っているが、敬遠されることの多いこの古典の、途方もないおもしろさに気づいたのである。私は刊行後すぐに原書を入手し、印象深い箇所、読み返したい箇所に付箋を貼りながら読み進めたが、読了してみるとほとんど全ページに付箋が貼りついていたので、結局全部はがして最初から再読することにした。その後さらにもう一度読み返して、本書は『エセー』最良の入門書であると確信した。

本書の特長はまず、シンプルな構成とテンポのよい語りだろう。それぞれの章が、『エセー』から抜き出した（原書で）二十行前後の一節と、その二倍程度の分量の解説からなる。朗読すればちょうど五分である。この厳しい制約のなかで、まず取り上げた一節をわかりやすく要約し、そのなかでとくに注目すべきポイントを指摘し、さらに、その主張の独自性や、その文化的背景や思想的背景、現代の通念との違いについても言及するのだ。むだな語は一語も入る余地はないし、耳で聞いて理解できなければならないため、文章はきわめて平明かつ明晰である。

また、コンパニョンの選んだモンテーニュの断章のひとつひとつが素晴らしい。死、老い、病という人生の試練への向き合い方。誠実さ、寛容、知恵（「知識」ではない）を断固として守り抜く覚悟。亡友への生涯にわたる哀悼。新大陸の住民から見た西欧文明の異様さ。傲慢な人々、過去の偉人の権威、医者に対する反発と警戒。宗教への崇敬と盲信への批判。自分の文章および文章を書く行為に対する反省。あけすけな性愛礼讃。失われていく自己の精力への愛惜。落馬に続く臨死体験。自然への随順――これら多種多彩な主題をもつ珠玉の文章が、選び抜かれて収められている。浩瀚な『エセー』のなかに、名場面はもちろんほかにもたくさんあるが、本書を読めば、モンテーニュの思考の主要な対象と傾向、ならびに文体の特徴については、おおむね理解したことになるのではないか。四〇章すべてを順調に読み進めば二〇〇分、多忙な人でも数日間もあれば読み終わるだろう。もちろん、時間を気にせず、ときどき立ち止まって味読するのはもっとよい。

しかし、本書の最大の美点は、ひとつひとつの章が短すぎて、話の続きを知りたくなる点だろう。コンパニョンは、それぞれの引用文を明快に分析するが、モンテーニュの思想について断定的な結論を下すことはない。それは、死、他者との交流、宗教に関わる主題を扱う章（「8 抜けた歯」、「19 他者」、「25 書物」、「27 賭け」、「30 目的と終わり」など）において、とくに顕著である。読者はおのずと、『エセー』そのものへと導かれるだろう。幸いにして、『エセー』は最初から順番に読む必要のない本である（順番に読んでもよいのだが）。まずは気に入った断章の含まれた章を通読してみよう。これをくり返すうちに、『エセー』はあなたの枕頭の書となることだろう。まじめで誠実な一方で、へそ曲がりで偏屈で、読者を笑わせることも忘れないモンテーニュを、きっと大好きになることだろう。

本書において、『エセー』からの引用文が全体のおよそ三分の一の分量を占めているが、そのすべての訳文は宮下志朗氏によるものである。白水社から現在刊行中の『エセー』および、みすず書房版『エセー抄』（いずれも宮下訳である）を使わせていただいたほか、未訳の章からの引用については、宮下氏がわざわざ本書のために訳出してくださった。宮下先生は、私がパリに留学していた二十年ほど前からずっとお世話になっている恩人である。本書の翻訳も、当初はご自身が担当するお考えであったが、私の希望を聞いて私に委ねてくださった。ご厚情にあらためて御礼申し上げたい。

翻訳で疑問が生じたときには、ルネサンスのフランス文学・思想がご専門の平野隆文さん（立教大学文学部）が頼りであった。私が質問するたびに、質問の何倍もの長さのメールが即座に返ってきた。ご自身も原書を精読され、私の試訳の不備をも丁寧に指摘してくださった。ここに記して感謝の意を表する。

また、本書の編集を担当された白水社の鈴木美登里さんは、私が作業を少しでも早く進められるように、さまざまな便宜を図ってくださった。心よりお礼を申し上げる。

最後に、大阪大学文学部・文学研究科の私の授業で、本書の原書の講読作業に熱心に取り組んでくれた学生諸君、どうもありがとう。

二〇一四年一〇月　　　　　　　　　　　　　　　山上浩嗣

＊今でも次のサイトから、全放送を聴くことができる（二〇一五年四月ごろまで）。http://www.franceinter.fr/emission-un-ete-avec-montaigne

＊＊二〇一三年の夏には「プルーストと過ごす夏」（*Un été avec Proust*）という番組が同局から同様の体裁で放送され（解説者はアントワーヌ・コンパニョンを含む八名）、二〇一四年六月刊行の台本集はやはりベストセラーになっている。さらに、二〇一四年の夏には「ボードレールと過ごす夏」（*Un été avec Baudelaire*）が放送され（再びコンパニョンが単独で解説を担当）、これもまた書籍化された。

追記　本書刊行後、宮下訳『エセー6』『エセー7』も刊行され、新訳が完結した。重版に際し、新たに『エセー6』『エセー7』からの引用箇所のページを示した。

モンテーニュ『エセー』文献案内

1．「ボルドー本」と「一五九五年版」

・「ボルドー本」（Exemplaire de Bordeaux）　一五八八年版『エセー』の欄外に、新版刊行のためにモンテーニュ自身が自筆で加筆・修正を施した本。ボルドー市立図書館所蔵。ボルドー本を底本にした最初の『エセー』刊本は、*Essais*, éd. Jacques-André Neigeon, Paris, Didot, 1802, 4 vol.

・「一五九五年版」　モンテーニュの死（一五九二年）の後に、義理の娘マリー・ド・グルネー（Marie de Gournay）が、おそらく「ボルドー版」とは別の底本（「底本X」）に依拠して編集した版（出版社 Abel L'Angelier）。編集はモンテーニュの遺族（未亡人とひとり娘）の合意を得てなされた。

・「ボルドー本」と「一五九五年版」の間には無視できない異同がある。「一五九五年版」第二巻一七章「うぬぼれについて」のなかにあるグルネー嬢への讃辞は、「ボルドー本」にはない[1]（下記[A]版はこれをモンテーニュの文章ではないと示唆する）。「ボルドー本」にあって「一五九五年版」にない文章もある。モンテーニュの文章ではないと示唆する）。また、「ボルドー本」第一巻一四章「幸福や不幸の味わいは、大部分、われわれの考え方しだいであること」は、「一五九五年版」では第一巻四〇章に移動。

・いずれが底本としてより正当かという問題については長年の議論がある。[2] F・ストロウスキ版（一九〇六年）以後、「ボルドー本」が優勢になったが、最近は「一五九五年版」の価値も見直されつつある。

2．『エセー』近年の主要刊本

［A］Montaigne, *Les Essais*, édition de Pierre Villey, sous la direction et avec une préface de V.-L. Saulnier, Paris, PUF, 1965 ; « Quadrige », 1992, 3 vol.
「ボルドー本」に依拠。一般に学術論文で参照される標準版。（a）一五八〇年版テクスト、（b）一五八八年版テクスト、（c）「ボルドー本」に付加された自筆テクストを区別。次のサイトにて閲覧可能（編注は省かれている）。http://www.lib.uchicago.edu/efts/ARTFL/projects/montaigne/

［B］Montaigne, *Les Essais*, édition réalisée par Denis Bjaï, Bénédicte Boudou, Jean Céard et Isabelle Pantin, sous la direction de Jean Céard, Paris, Le Livre de Poche, « La Pochothèque », 2001.
「一五九五年版」に依拠。本書の引用の典拠であり、宮下志朗訳『エセー』の底本。

［C］Montaigne, *Les Essais*, adaptation en français moderne par André Lanly, Paris, Champion, 1989-2002 ; Édition complète, Paris, Gallimard, « Quarto », 2009.
現代語訳。「ボルドー本」を底本。

［D］Montaigne, *Les Essais*, texte établi et annoté par Jean Balsamo, Michel Magnien et Catherine Magnien-Simonin, Paris, Gallimard, « Pléiade », 2007.
プレイアッド新版。「一五九五年版」に依拠。

［E］*Essais de Michel Seigneur de Montaigne*, reproduction électronique de l'Exemplaire de Bordeaux, édition de Philippe Desan, University of Chicago, « Montaigne Studies », 2008, 1 DVD-ROM.

「ボルドー本」の写真版。

[F] Montaigne, *Essais*, traduction en français moderne du texte de l'édition de 1595 par Guy de Pernon, Guy de Pernon, 2008-2009, 3 vol.
現代語訳。「一五九五年版」を底本。

[G] Montaigne, *Essais*, édition d'Emmanuel Naya, Delphine Reguig-Naya et Alexandre Tarrête, Paris, Gallimard, « Folio classique », 2009, 3 vol.
文庫版。「ボルドー本」に依拠。現代綴り。一五八八年版のテクストと「ボルドー本」自筆テクストとを区別。

（1）本書「31 わたし自身の一部」を参照。

（2）次を参照のこと。宮下志朗「『エセー』の底本について 『ボルドー本』から一五九五年版へ」、『エセー1』三一七―三二六頁、アントワーヌ・コンパニョン「フォルチュナ・ストロウスキの後悔」、『エセー3』二三一―二五二頁。

3. 参考文献抄（日本語の著作および邦訳書のみ。フランス語の参考文献については、右記[G]版 tome 3, pp. 490-503 を参照）

1）モンテーニュの著作

・モンテーニュ『エセー』（全七冊）宮下志朗訳、白水社、二〇〇五―二〇一六年
・モンテーニュ『エセー抄』宮下志朗訳、みすず書房、二〇〇三年
・『エセー』荒木昭太郎訳、中公クラシックス、二〇〇二―二〇〇三年、全三冊（抄訳）

・『モンテーニュ全集』関根秀雄訳、白水社、一九八二―一九八三年、全九巻（うち一―七巻に所収の『モンテーニュ随想録』が国書刊行会より一巻本で二〇一四年刊）
・モンテーニュ『エセー』原二郎訳、岩波文庫、一九六五―一九六七年、全六冊（ワイド版岩波文庫、一九九一年、全六冊）
・『モンテーニュ旅日記』関根秀雄・斉藤広信訳、白水社、一九九二年

2）伝記的著作
・イヴォンヌ・ベランジェ『モンテーニュ　精神のための祝祭』高田勇訳、白水社、一九九三年
・堀田善衛『ミシェル　城館の人』集英社、一九九一―一九九四年（全三巻、集英社文庫、二〇〇四年、全三巻）
・原二郎『モンテーニュ』岩波新書、一九八〇年（岩波新書評伝選、一九九四年）
・関根秀雄『モンテーニュとその時代』白水社、一九七六年

3）概説書・入門書
・斎藤広信『旅するモンテーニュ　十六世紀ヨーロッパ紀行』法政大学出版局、二〇一二年
・大久保康明『モンテーニュ』（Century Books 人と思想）、清水書院、二〇〇七年
・保苅瑞穂『モンテーニュ私記　よく生き、よく死ぬために』筑摩書房、二〇〇三年
・ピーター・バーク『モンテーニュ』小笠原弘親・宇羽野明子訳、晃洋書房、二〇〇一年
・荒木昭太郎『モンテーニュ　初代エッセイストの問いかけ』中公新書、二〇〇〇年

・ロベール・オーロット『モンテーニュとエセー』荒木昭太郎訳、白水社、文庫クセジュ、一九九二年
・荒木昭太郎『モンテーニュ遠近』大修館書店、一九八七年
・荒木昭太郎『人類の知的遺産二九・モンテーニュ』講談社、一九八五年
・ピエール・ミシェル『永遠普遍の人モンテーニュ』関根秀雄・斉藤広信訳、白水社、一九八一年
・関根秀雄『モンテーニュ逍遥』白水社、一九八〇年
・ミシェル・ビュトール『モンテーニュ論　エセーをめぐるエセー』松崎義隆訳、筑摩書房、一九七三年

4）研究書
・マイケル・A・スクリーチ『モンテーニュとメランコリー』荒木昭太郎訳、みすず書房、一九九六年
・ジャン・スタロバンスキー『モンテーニュは動く』早水洋太郎訳、みすず書房、一九九三年
・ピエール・ヴィレー『モンテーニュの〈エセー〉』飯田年穂訳、木魂社、一九八五年

なお、英語ではあるが、次の本はモンテーニュおよび『エセー』への入門書として強く推薦できる。

Sarah Bakewell, *How to Live, or a Life of Montaigne in One Question and Twenty Attempts at an Answer*, London, Chatto & Windus, 2010 ; London, Vintage Books, 2011 ; New York, Other

Press, 2011.

本書はフランス語にも翻訳されていて、やはり好評を博している。

Sarah Bakewell, *Comment vivre ? Une vie de Montaigne en une question et vingt tentatives de réponse*, traduit de l'anglais par Pierre-Emmanuel Dauzat, Paris, Albin Michel, 2013.

（山上浩嗣作成）

ミシェル・ド・モンテーニュ　Michel de Montaigne（1533-1592）
フランス・ルネサンスを代表する哲学者・モラリスト。
ボルドー高等法院等で裁判官を16年間務めたのち、37歳で領地のモンテーニュに隠退する。以後家長として領地管理に当たる傍ら、読書と思索に身を捧げる。1580年に『エセー』初版（第一、二巻）を発表。ドイツ・イタリアなどへの一年半にわたる大旅行を経て、1581～1585年にボルドー市長を務める。1588年に『エセー』第三巻を刊行、同時に初版に大幅な増訂を行なう。以後も新版刊行を目指し、死ぬ間際まで加筆に余念がなかった。宗教戦争の乱世のさなかに、鋭い洞察力と自由な文体で自己、人間、生死を徹底的に探究したモンテーニュの名著『エセー』が、古今東西の知識人に与えた影響は計り知れない。

［著者略歴］
アントワーヌ・コンパニョン　Antoine Compagnon（1950- ）
ベルギー生まれのフランス文学者。ソルボンヌ大学教授を経て、現在はコレージュ・ド・フランスおよびコロンビア大学教授。プルーストやモンテーニュの専門家として、また文学理論に関する刺激的な著作によって国際的に広く知られる。著書に『近代芸術の五つのパラドックス』『文学をめぐる理論と常識』『第二の手、または引用の作業』『アンチモダン　反近代の精神史』などがある。

［訳者略歴］
山上浩嗣（やまじょう・ひろつぐ）
1966年生まれ。大阪大学准教授
専門はパスカルを中心とするフランス近世文学・思想
著書：『パスカルと身体の生』（大阪大学出版会）など。
訳書：エティエンヌ・ド・ラ・ボエシ『自発的隷従論』（ちくま学芸文庫）、『ブローデル歴史集成』Ⅰ～Ⅲ（共訳、藤原書店）など。

宮下志朗（みやした・しろう）
1947年生まれ。放送大学教授、東京大学名誉教授
専門はフランス・ルネサンスの文学と社会、書物の言語態
著書：『本の都市リヨン』『書物史のために』（以上、晶文社）、『読書の都市パリ』（みすず書房）、『神をも騙す』（岩波書店）など。
訳書：ラブレー《ガルガンチュアとパンタグリュエル》全5巻（ちくま文庫）、モンテーニュ『エセー』1～7（白水社）、『モンテーニュ　エセー抄』（みすず書房）など。

寝るまえ5分のモンテーニュ「エセー」入門

二〇一四年一一月三〇日 第一刷発行
二〇一六年 四 月一〇日 第二刷発行

著 者 アントワーヌ・コンパニョン
訳 者 © 山上浩嗣 宮下志朗

発行者 及川直志
印刷所 株式会社 三陽社
発行所 株式会社 白水社
東京都千代田区神田小川町三の二四
電話 営業部〇三（三二九一）七八一一
編集部〇三（三二九一）七八二一
振替 〇〇一九〇-五-三三二二八
郵便番号 一〇一-〇〇五二
http://www.hakusuisha.co.jp
乱丁・落丁本は、送料小社負担にてお取り替えいたします。

誠製本株式会社

ISBN978-4-560-02581-9

Printed in Japan